A. C. MEYER

Apaixonada por você

São Paulo
2015

UNIVERSO DOS LIVROS

Diretor editorial
Luis Matos

Editora-chefe
Marcia Batista

Assistentes editoriais
Aline Graça
Letícia Nakamura
Rodolfo Santana

Preparação
Nathália Fernandes

Revisão
Jonathan Busato
Giovana Sanches

Arte
Francine C. Silva
Valdinei Gomes

Arte de capa
Zuleika Iamashita

Dados Internacionais de Catalogação na Publicação (CIP)
Angélica Ilacqua CRB-8/7057

M559a

Meyer, A. C.
Apaixonada por você / A. C. Meyer. – São Paulo: Universo dos Livros, 2015.

272 p. (After Dark, v. 2)

ISBN: 978-85-7930-828-4

1. Literatura brasileira 2. Ficção 3. Romance 4. Grupos de rock 5. Los Angeles (Estados Unidos) I. Título

15-0028 CDD B869

Universo dos Livros Editora Ltda.
Rua do Bosque, 1589 – Bloco 2 – Conj. 603/606
CEP 01136-001 – Barra Funda – São Paulo/SP
Telefone/Fax: (11) 3392-3336
www.universodoslivros.com.br
e-mail: editor@universodoslivros.com.br
Siga-nos no Twitter: @univdoslivros

Agradecimentos

Escrever *Apaixonada por você* foi divertido e gostoso demais! É impossível finalizar esta história sem agradecer às pessoas que foram essenciais para que, mais uma vez, esse sonho se realizasse.

Um obrigado do tamanho do mundo à Carina Rissi, por seus conselhos, seu apoio, sua torcida e generosidade. Ainda acho surreal quando penso que você é a "madrinha" de Zach e Jo e escreveu aquele prefácio lindo. (A minha *cheerleader* interior deu um duplo *twist* carpado quando li!)

A Cristiane Saavedra, Ingrid Duarte, Jamile Freitas, Luizyana Poletto e Veronica Góes, obrigada pelo incentivo, torcida, amizade, risadas, pelas madrugadas insones (principalmente você, Cris, que acompanha a cada parágrafo tudo que eu escrevo), pelas sugestões e conversas mirabolantes sobre mil possibilidades e sentimentos de cada personagem. Sei que eles são tão reais para vocês quanto para mim. Isso só faz com que o processo de escrita seja ainda mais divertido!

Flavia Viotti e Meire Dias, da Bookcase Agency, obrigada pela parceria profissional e amizade. Sou muito grata pela oportunidade de conhecer vocês duas, que acreditam no meu potencial e trabalham com muito empenho para que minhas ideias maluquinhas deixem de ser apenas um arquivo digitado e virem livros de verdade. Vocês são demais!

Marcia Batista, minha editora-chefe na Universo dos Livros, muito obrigada, não só por abraçar as minhas histórias, mas principalmente por compartilhar comigo o amor pelos livros e a sua generosidade sem igual.

A toda a equipe da Universo dos Livros, o meu muito obrigada! Vejo o carinho de vocês com *Louca por você* e agora com *Apaixonada por você*, e meu coração se enche de amor. Tenham certeza que a cada vez que entro numa livraria e vejo meus livros expostos, me vem à mente o trabalho incrível que vocês realizam.

À minha melhor amiga nesse mundo, que torce por mim, que acredita e incentiva tudo que eu faço. Mãe, você sabe o quanto é especial para mim. Obrigada pelos sorvetes de madrugada, por entrar duzentas e cinquenta vezes na mesma loja só para eu mostrar onde o meu livro estava exposto (mesmo que ele nunca tenha saído daquele lugar e você já esteja careca de saber). Te amo!

Ao Felipe Meyer, obrigada por estar ao meu lado, me apoiando, sugerindo e incentivando; por me ouvir contar minhas histórias e se interessar de verdade. Por todas as visitas às livrarias, todas as risadas, abraços de recarga e comemorações semanais!

Um obrigado muito especial a todos os blogueiros que compartilham o meu trabalho com seus leitores. Vocês todos são demais e o trabalho que fazem pela literatura é sem igual!

E por último, mas não menos importante, a você, leitor. Escrever este livro é uma forma de retribuir a vocês o carinho sem igual que me dão diariamente – seja por e-mail, redes sociais ou eventos literários – e pelo qual eu sou muito, mas muito grata. Espero que sua leitura seja divertida, repleta de risadas e suspiros!

Prefácio

Leve, divertida e perigosamente sexy. Assim é a escrita de A. C. Meyer.

Sempre munida de uma boa dose de realismo e muito bom humor, encanta os leitores combinando doçura e erotismo, e nos presenteando com um romance divertidíssimo e altamente quente!

Para aqueles que amam uma paixão explosiva, regada a situações hilárias, *Apaixonada por você* é perfeito, delicioso, e deve ser saboreado lentamente, sem pressa alguma – e, mesmo assim, irá deixar o leitor implorando por mais!

Carina Rissi

Para Cris, Ingrid, Vê, Mille e Popô.

As melhores betas, amigas e parceiras que qualquer autora poderia sonhar. Amo vocês!

RAPUNZEL: Fiquei olhando pela janela durante dezoito anos, sonhando com o que eu sentiria quando as luzes surgissem no céu. E se não for tudo aquilo que eu sonhei?

FLYNN RIDER: Vai ser.

RAPUNZEL: E se for? O que eu farei depois?

FLYNN RIDER: Bem, essa é a melhor parte, eu acho...Você terá que encontrar um novo sonho.

Enrolados (Disney)

Capítulo um

Jo

Feliz.

Era como eu me sentia naquele momento, vendo meu irmão Daniel e minha melhor amiga Julie juntos, tão apaixonados em sua festa de noivado.

Aquele tinha sido um ano cheio de altos e baixos para os dois; vê-los superar tudo aquilo, e de forma tão linda, era realmente emocionante. Eu não via a hora de segurar meu sobrinho ou sobrinha nos braços. Essa festa de noivado tão romântica despertava em mim sentimentos profundos – que eu não sabia que tinha, nem queria ter.

Caminhava entre os convidados, cumprimentando quem eu conhecia, assumindo o papel de anfitriã para que meu casal preferido pudesse curtir o momento juntos. Eu conhecia grande parte das pessoas presentes e estava dando muita atenção para cada um. Tudo isso para fugir de um olhar que me procurava no meio da festa o tempo todo.

Não que eu estivesse tendo sucesso. Ele não é o tipo de homem que se consegue ignorar por muito tempo. Sua presença dominava o ambiente, arrepiando minha nuca sempre que o sentia próximo.

Estávamos juntos há quase três anos e, estranhamente, ninguém fazia ideia disso. Quer dizer, não estávamos *juntos* de verdade. Nossa química explodiu na festa de um amigo em comum. Não sei se foi graças à mistura de uma noite regada a vodca, música alta, dança provocante e uma festa louca, onde o único convidado que conhecíamos era um ao outro, além do anfitrião. Acabamos desfrutando a noite toda a sós, o que nunca havíamos feito antes, apesar de ele ser praticamente parte da família há tantos anos.

Terminamos a festa na casa dele, juntos, numa química perfeita e enlouquecedora. E uma terrível crise de consciência alguns dias depois. Ele é um dos melhores amigos do meu irmão. Se Daniel descobrisse, estaríamos ferrados.

Depois daquela noite, decidi fazer uma especialização em São Francisco por um período de seis meses. Fui sem olhar para trás, determinada a esquecer o que havia se passado, aqueles olhos azuis, aqueles beijos... e outras coisas mais.

Quando voltei, sentia-me mais segura, e acreditava estar *curada* daquela doença chamada Zach Taylor. Doce engano. Aqueles olhos azuis me perseguiam por todos os cantos – exatamente como estão fazendo agora. Acabei não resistindo e caí naqueles braços fortes de novo, durante semanas de sexo quente e enlouquecedor.

Pouco tempo depois, consegui um estágio em um dos maiores escritórios jurídicos de São Francisco e fui embora, deixando Zach e nosso caso secreto para trás mais uma vez. Sentia muita saudade de casa e, por mais que eu não quisesse admitir, a falta que ele fazia estava me enlouquecendo.

Então, sete meses depois, voltei para Los Angeles e para os seus braços... Mas Zach estava diferente. Nossa relação havia mudado. Ele passou a assumir uma postura mais dominadora comigo na cama, e eu não conseguia aceitar isso.

Não tinha chicotes, contratos, roupas de couro, nada desse tipo. Ele simplesmente queria ter o poder de controlar a relação. A hora em que estaríamos juntos, o que iríamos fazer, quando eu poderia sentir prazer. E eu não me submeteria à vontade de um homem, sempre fui muito independente. Caso o fizesse, estaria cometendo um retrocesso inaceitável.

Nos afastamos. Depois de meses de relacionamentos insatisfatórios, carência e saudades, voltamos a nos ver. Sempre nos encontrávamos às escondidas e acabamos levando os jogos de poder para dentro de quatro paredes. Eu me entregava completamente, de maneira bastante submissa. Ele, encantado com a minha aceitação, me cobria de elogios o tempo todo. Seu cuidado comigo era algo inacreditável, e nossos momentos juntos eram cada vez mais intensos, sedutores e inesquecíveis.

Zach me surpreendeu a partir do momento em que finalmente me entreguei. Achei que me sentiria presa em uma relação inflexível, mas o que acontecia era completamente o oposto. Ele era delicado comigo, até um pouco romântico. A tal "dominação" que eu tanto temia nada mais era do que conduzir a relação para nos proporcionar mais prazer. Não tínhamos travas nem constrangimentos. Entre nós dois, tudo que existia era respeito mútuo, desejo, carinho e paixão.

Por tudo isso eu estava fugindo do seu olhar durante a festa. Eu sabia que, na hora em que meu olhar cruzasse com o dele, estaria perdida. Acho que esqueci de dizer que não precisávamos de lugar para nos deixarmos levar, né? Zach tinha uma criatividade invejável e inabalável.

Obviamente, não consegui evitá-lo por muito tempo. Ele era esperto, muito mais que eu. Colocou-se ao alcance dos meus olhos enquanto eu seguia para a próxima mesa.

Ele estava lindo, de calça jeans e uma camiseta preta justa destacando seu tórax musculoso. O cabelo loiro, quase comprido demais, balançava com o vento da praia, dando aquele ar selvagem que eu tanto gostava. Seus olhos absurdamente azuis estavam num tom um pouco mais escuro que o normal, que era como ele ficava quando o desejo tomava conta do seu corpo.

A gente se conhecia tão bem que nos comunicávamos através do olhar. Droga! Seu olhar dizia: "Para dentro da casa, agora!".

Eu sabia que ele estava excitado, mas fiz de conta que não entendi, e segui para cumprimentar uns amigos da faculdade dele e do Daniel. Seu olhar agora *gritava* comigo. Eu quase podia ouvir sua voz em meu ouvido, falando impaciente: "Saia de perto deles. Não me teste, princesa". Pedi licença para os rapazes e um deles, que estava indo embora, me deu um beijo no rosto. Jesus! Eu quase podia tocar a tensão que emanava daquele perseguidor que eu am... que eu gostava. Isso. Eu *gostava*.

Caminhei na direção dele, que estava encostado na grade do deque, nossos olhares presos um ao outro. No meio do caminho, ele me fez parar e indicou discretamente a direção que eu deveria seguir. Saiu da varanda e entrou na casa.

Antes de sequer pensar, virei-me e fui atrás dele, passando pelos convidados. Entrei na casa olhando ao redor, para tentar descobrir onde ele estava. Vi a porta da frente bater, e intuí que era ele quem tinha saído. Jesus, aonde o Sr. Delícia estava me levando?

Saí da casa, ainda no encalço dele, e o vi chegar ao seu carro e abrir a porta. Eu ficava louca quando o via ao lado daquele carro imponente. Um Audi R8 Special Edition, versão para colecionadores. Foram fabricadas apenas quinze unidades desse modelo, e Zach era um dos proprietários. Naquele carrão preto ele ficava tão gostoso que eu sentia vontade de mordê-lo. *Hummm.*

– Zach? Droga, Zach, aonde você está indo? – pergunto irritada, ao vê-lo se preparar para ir embora. Congelei ao me deparar com a intensidade de seu olhar. O azul-celeste de seus olhos estava muito escuro.

– Pegue seu carro, princesa. Essa sua boca ainda vai te colocar em apuros – ele fala com um sorriso no rosto, abrindo o carro e entrando.

– Zach... – tento de novo, dessa vez com um tom menos desafiador na voz.

– Jo, minha linda, o que você está esperando? – ele pergunta com a voz suave, contrastando com toda sua intensidade. Estremeço em antecipação.

– Droga. Tudo bem, Zach. Eu vou pegar o carro. Mas você sabe que não manda em mim. – Ele me deu um sorriso torto, e sua covinha apareceu. Virei, tremendo, pois já previa os acontecimentos que se seguiriam. Paro no caminho, quando ele me responde.

– Princesa, é claro que não mando em você, só mando no seu corpo quando ele está comigo. Mas não posso mais esperar para ter você em meus braços. Então, se está tão enlouquecida de desejo como eu estou, entra no carro e vem. *Agora.*

Vou até meu carro, dou a partida e sigo o Audi pela estrada da praia. Meu Deus. Esse homem me deixa maluca. Eu nem me despedi das pessoas. Mas ele tem esse poder sobre mim, entende? O Sr. Delícia dizia: "Salte". E eu nem perguntava a altura.

Atravessamos toda a praia de Santa Monica e, quando chegamos próximo ao Pacific Park, ele entra no Fairmont, o melhor hotel de toda a cidade. UAU! Eu mal podia esperar chegarmos ao quarto para que eu pudesse me jogar nos braços do *meu* Sr. Delícia.

Capítulo dois

Passados alguns longos dias, finalmente chegou o Natal! E esse seria um Natal especial, pois nos reuniríamos na casa de Danny e Julie pela primeira vez.

Eu estava muito animada, meu irmão estava mais feliz do que nunca, agora que seria pai, e Julie também estava maravilhada com a maternidade. Sentia-me mais do que feliz por eles, ainda mais por Julie. Ela o amou por tantos anos, nunca desistiu do que sentia e me convenceu de que o amor é capaz de nos dar força para alcançar tudo. Era um exemplo de fé e perseverança, e minha melhor amiga e irmã.

Levo vários presentes na bolsa. Sou uma negação na cozinha, e isso impossibilita uma contribuição gastronômica. Desço de elevador até a garagem e coloco tudo no porta-malas do meu carro – um New Beetle conversível, mas velhinho, que eu tinha pena de me desfazer. É um carro feminino, fofo, branquinho, com bancos de couro. Eu o comprei na época da faculdade e, apesar de ter condições de trocar de carro com o salário de advogada, tenho pena de me desfazer do Bee. Pois é: até nome meu bichinho tem.

Sento-me no banco do motorista, viro a chave e... nada. *Droga, Bee, você não vai fazer isso comigo agora, né?* Mais algumas tentativas e nada da droga do carro funcionar. Zach vivia dizendo que eu deveria trocar de carro, mas dá uma pena... Zach... Droga! Vou ter que ligar para ele e pedir uma carona.

Tiro o celular da bolsa, dou um toque na discagem rápida e seu nome aparece, enquanto completa a ligação.

– Oi, princesa. Já chegou? – ele pergunta, com um tom de voz baixo e rouco que me desperta... sensações.

– Hum... não. Meu carro não quer funcionar. – Começo e ele nem me dá chance de continuar.

– Me dá quinze minutos, vou sair e daqui a pouco te pego. Vamos juntos.

– Você acha que as pessoas não vão sacar? – pergunto preocupada. A última coisa que eu quero é as pessoas achando que estamos juntos, apesar de estarmos. *Nossa, que confuso!* Ouço um suspiro do outro lado da linha. Então Zach responde:

– Não, princesa. É só a gente dizer que seu carro quebrou e eu te dei uma carona. Nada de mais.

– Ok – eu respondo animada. – Então estou te esperando.

★

Chegamos em Santa Monica quase ao mesmo tempo que George e Ben. Danny ainda estava cumprimentando os dois quando tocamos a campainha.

– Zach, Jo! Vocês chegaram ao mesmo tempo? – Danny pergunta, encarando-nos de um jeito desconfiado. Ele não estava acostumado a nos ver juntos.

– Não, viemos juntos – Zach responde, e eu lhe dou um olhar meio aborrecido.

– Meu carro quebrou, e Zach fez a gentileza de me dar uma carona – completo, beijando meu irmão. Ao avistar Julie e George, dirijo-me a eles, meus melhores amigos.

– Deixa eu passar a mão no meu sobrinho – digo, pegando na barriga da Julie, antes mesmo de dar "oi".

– Johanna, você sabia que a Julie está aí, carregando essa barriga? – Danny pergunta, fingindo estar bravo comigo.

– Sei, sim, mas o baby tem prioridade sobre vocês dois – respondo, ainda fazendo carinho na barriga de Julie, que parece orgulhosa de estar carregando o centro das atenções da família.

Quando acho que já fiz festa suficiente para o bebê, abraço Julie, e George abraça a nós duas.

– A amizade dos três é tão bonita – minha mãe fala, entrando na sala com a toalha na mão para arrumar a mesa do almoço.

– É verdade – Danny concorda, no momento em que a campainha toca novamente. Quando ele abre a porta, me surpreendo com a presença de Alan e Jude, seu irmão mais novo.

– Ei, caras. Entrem! – Danny os cumprimenta. Estou satisfeita por Alan ter aceitado o convite para o Natal.

Meu irmão e ele começaram com o pé esquerdo, mas hoje ele entende melhor a parceria musical entre Alan e Julie, e que eles são apenas amigos. Os dois tiveram uma conversa séria, na semana do noivado, na qual Alan garantiu que tem um carinho de irmão por Julie e que gostaria que ele e Danny pudessem ser amigos. Meu irmão aceitou o pedido de trégua.

Em uma de nossas conversas, Danny me explicou sobre as mudanças que estavam acontecendo em sua vida. Contou-me que estava passando por um processo de transformação e achava que deveria recomeçar com todas as pessoas com quem tivera algum problema. Lembro-me dele dizendo: "Não que eu seja um cara bonzinho, Jo. É que agora tenho certeza dos meus sentimentos e dos sentimentos da Ju. O relacionamento que estamos construindo é algo tão profundo que não faz mais nenhum sentido sentir ciúmes de Alan, o ex arrogante". Soltei uma gargalhada com seu comentário e falei que Alan iria passar o Natal sozinho com o irmão mais novo, que morava com ele. Então Danny os convidou para comemorar conosco.

Ao entrar, os irmãos foram cumprimentar Zach e meu pai. Julie sorriu orgulhosa para Daniel pelo seu comportamento civilizado. *Olá, Sr. Educado; adeus, Sr. Ogro Ciumento.*

Nos dividimos entre ajudar minha mãe a arrumar a mesa do almoço e nos acomodarmos para assistir ao jogo dos Lakers na confortável sala de TV que Daniel fez questão de montar em sua casa.

A sala era repleta de poltronas macias de couro e tinha uma TV que parecia uma tela de cinema. No fundo da sala, havia uma mesa de sinuca e outra para jogar pôquer. Julie dizia que Daniel e seus amigos se divertiam demais por ali, e eu tinha que concordar.

Percebi que enquanto todos estavam animados com o início da partida, Danny olhava distraído para um canto da sala.

– Querido, está tudo bem? – perguntei. Nós sempre fomos muito próximos, muito ligados. E eu me preocupava demais que ele pudesse não estar bem.

– Tudo, Jo. Eu só estava olhando a sala e me dei conta de que, num futuro muito próximo, eu e o *Mini-Mim* estaremos aproveitando essa sala juntos, com nossos brinquedos. – Ele abre um sorriso enorme. – E eu mal posso esperar.

– O que é *Mini-Mim*? – pergunto curiosa.

– É como chamo o bebê – ele começa a explicar, e Zach se aproxima para ouvir. – Eu tenho certeza de que vai ser um menino, então eu o chamo de *Mini-Mim*.

– Mas, Danny, e se for uma menina?

– O destino não brincaria comigo dessa forma, me dando uma filha mulher para criar nesse mundo cheio de cafajestes, safados e mulherengos, como eu fui. Nãoooo, senhoras e senhores! – ele explica, fazendo graça para nós. – O destino não é uma fêmea vingativa na TPM, tanto que se chama "O" destino, no masculino. Ele, o destino, é um cara legal que não sacaneia os pais de primeira viagem, ceeeertooo? – Zach e eu gargalhamos com sua explicação completamente maluca.

Olho para o lado e vejo Jude, abaixado no chão, brincando com Pepper. Ele é um menino sério. Deve ter uns catorze anos e não é muito sorridente. Imagino a dificuldade de ser criado pelo irmão mais velho. Não sei muito sobre a vida do Alan, mas sei que ele cuida do irmão e que eles não têm contato com os pais. Pepper lambe a bochecha dele, arrancando um sorriso do menino, deixando-me mais tranquila. Mesmo não tendo outras crianças aqui, ele vai conseguir se divertir.

Neste momento, a campainha toca. Deve ser Rafe, o único que falta chegar – a Jennifer, médica do Cedars Sinai que virou nossa amiga, só deve vir à noite, depois do plantão. Vou atender, com um sorriso no rosto, pensando em como a vida faz as pessoas mudarem. Ano passado, no Natal, meu irmão só queria saber de ter um corpo quente na cama. Este ano ele está aqui, feliz por estar celebrando com os amigos, a família e a mulher que ele ama.

Depois de receber Rafe e apontar o *templo masculino*, volto para a sala, ao encontro de George e Julie.

– Garotinha, o que está acontecendo com Danny Boy? Fez implante? Clareamento dentário? Nunca vi esse menino arreganhar tanto os dentes como hoje! – Não posso com o George. Ele continua me fazendo gargalhar.

– Georgeee!! Para!! – Julie solta uma gargalhada. – Ele está feliz.

– Está feliz mesmo. Nunca vi meu irmão assim – falo sorrindo. Estamos todos impressionados com a carinha dócil dele.

– Jo, por falar em feliz, Zach anda com um brilhinho no olhar. Sabe o que está acontecendo com ele? – George está desconfiado de alguma coisa. Só pelo seu levantar de sobrancelhas eu já sei.

– Por que eu saberia, George? Nós não somos amigos – respondo, sentindo-me desconfortável e tentando disfarçar.

– Você tem andado muito com ele para quem não é "amigo" – George fala, desenhando aspas no ar. – Estou de olho em você, mocinha. Não pense que eu não percebi que essa é a segunda vez que você pega uma "carona" com ele.

– Segunda? Você está imaginando coisas. – Eu sinto meu rosto esquentar. Julie olha para nós dois, com a boca aberta.

– George, quando você cisma com algo, dificilmente está errado. Mas... Jo e Zach? Não... Acho que dessa vez você se enganou – Julie se coloca em minha defesa.

– A primeira foi quando você ficou internada. Até cabeça no ombrinho dele teve, garotinha! – George fala, e vira-se para mim: – Depois ele a levou para casa, porque ela estava muito cansada, coitadinha...

Sinto meu rosto ficar completamente vermelho:

– George! Deixa de besteira. Zach só foi educado comigo. Todo mundo foi embora naquele dia. E a casa dele é mais perto da minha, a antiga casa de Rafe era mais longe.

– Não fique nervosa, meu bem. Eu ainda não descobri o que está rolando. Mas vou descobrir, ou não me chamo George Preston – ele fala e sai da sala com um floreio, como faz sempre que se sente desafiado.

Eu e Julie olhamos uma para a outra sem entender nada.

– O que foi isso? – ela me pergunta.

– Não faço ideia, mas ele está cada dia pior.

– Você quer me contar alguma coisa, Jo? – Balanço a cabeça em negativo, sacudindo meus longos cabelos. – Eu sou sua amiga, não se esqueça disso. Você sempre pode falar comigo, ok?

– Ok – respondo e olho para o chão.

– Vamos terminar de arrumar a árvore? – Julie me chama mudando de assunto, e eu abro um sorriso, concordando. Passo o braço por seu ombro enquanto ela alisa a barriga com a mão direita. – Este ano temos muitos presentes! – Quando chegamos perto da árvore, Julie para de repente: – Amiga, vamos para a outra sala? Quero chamar o Danny.

– O que houve? Está se sentindo mal? – Minha voz sai preocupada, e ela dá uma risada, tentando me tranquilizar.

– Não, amiga. É que ver a árvore de Natal me deixou com desejo de comer bolinho de bacalhau com sorvete de morango.

– Arghhh... Bolinho de bacalhau com sorvete de morango? Não é nojento? – Olho para ela fazendo uma careta.

– Não, não. Bolinho com sorvete mesmo! Vamos, preciso achar o Danny, antes que meu bebê nasça com cara de bolinho de bacalhau. – Ela me puxa em direção à porta. – Preciso encontrar o único homem capaz de compreender meus desejos de comida.

★

Foi incrível! Passamos o dia rindo, na companhia dos amigos e da nossa família, como há muito tempo não fazíamos. Agora nossa festa estava animada e a família completa. Todos já tinham chegado, inclusive Jennifer com a pequena Maggie. Tivemos a felicidade de conhecê-la no hospital, quando Julie foi fazer a primeira ultrassonografia para saber se o bebê estava bem, e desde então não nos separamos mais. Ela se tornou uma amiga querida, e Maggie é como se fosse minha sobrinha, de tão apaixonada que sou por ela.

Alan conectou seu iPod no som e uma seleção de músicas alegres está tocando desde o início da festa de Natal. Olho ao redor da sala e vejo Rafe e Zach conversando, mas seu olhar imediatamente mira o meu. Eu disfarço e começo a conversar com Jenny. Perto deles estão Alan e Ben, conversando animadamente. Jude está sentado no sofá ao lado de George, ensinando alguma manobra num jogo do 3DS que Alan comprou para ele. Julie está de pé perto da mesa, olhando em direção ao centro da sala.

Meus pais estão dançando abraçados. Mamãe está com a cabeça encostada no ombro de papai, que está de olhos fechados. Eles são embalados pela voz rouca de Rod Stewart cantando "The Way You Look Tonight". É tão lindo ver os dois juntos, tão unidos, mesmo depois de tantos anos de casamento. Olho para Julie e vejo que seus olhos se enchem de lágrimas. Ela pisca, tentando afastá-las, e pega um copo d'água para tentar se reequilibrar.

Meus pais se movimentam e vejo, atrás deles, Danny balançando o corpo, no ritmo da música, de costas para mim. Oh, Deus, acho que ele não está bem. Danny jamais dançaria assim, sozinho, no meio da sala. Ele se vira um pouco e vejo uma pequena mão gordinha segurando seu ombro. Eu me movo para perto da janela e consigo vê-lo de olhos fechados, dançando com a pequena Maggie no colo, que parece adorar o balanço.

Olhando o meu irmão dançar de forma tão solene com Maggie, tenho a certeza de que não importa se o bebê for menino ou menina, ele será um pai maravilhoso. Olho para Julie e a vejo passar a mão sobre o ventre, enquanto as lágrimas caem, agora livremente. Tiro algumas fotos com o celular, uma cena tão linda!

Não consigo segurar a emoção ao ver como ele mudou e amadureceu. Se eu tinha alguma dúvida, ainda que pequena, a respeito do futuro dos dois, acabou aqui e agora, ao ver o homem em que Daniel tinha se transformado.

Às vezes me sentia preocupada, achando que eram muitas novidades para um ex-conquistador assimilar, mas naquele momento tive certeza de que ele estava realmente envolvido e feliz com o giro que sua vida tinha dado.

Percebo que a música está acabando e vejo Julie sair da sala discretamente em direção ao lavabo. Vou atrás, bato na porta de leve e ela abre, com a carinha assustada.

– Ei, amiga. Está tudo bem? – pergunto, tentando dar uma entonação tranquila.

– Sim, eu vim lavar o rosto. Os hormônios estão me matando. E ver Daniel dançando com Maggie foi demais para o meu emocional.

– Tenho que confessar que eu também senti vontade de chorar. A Jenny me disse que ela nunca teve uma figura masculina, e criança sente falta, né? Além disso, foi lindo demais o Daniel dançando com ela. Olha o que eu consegui. – Pego o celular do bolso e mostro várias fotos dos dois dançando.

– Pode me mandar essas fotos depois? Vou mandar imprimir e colocar num porta-retratos. Ficaram tão lindas.

– Claro, Julie. Você é uma mulher de sorte. Ele vai ser um ótimo pai, assim como já é um ótimo marido.

– Mas nós ainda não casamos... – ela fala, parecendo confusa.

– Eu sei. Mas vocês moram juntos e não é um documento que vai fazer dele mais seu marido do que já é. Agora vá lavar esse rosto, antes que um certo "marido" venha até aqui para saber o que está acontecendo. – Dou uma risada.

Então, ouvimos uma batida na porta. Abro com a certeza de que é Danny, mas dou de cara com George, que ri para mim, levantando a maleta de maquiagem que ele nunca deixa em casa.

– Tem alguém aí precisando de um atendimento de urgência? – ele pergunta, me fazendo soltar uma gargalhada. Abro passagem para ele. – Garotinha, dessa vez você não perdeu a calcinha, né? – ele pergunta a Julie, lembrando-se da última vez que precisou fazer uma maquiagem de emergência, quando estavam no After Dark e ela e Danny tiveram o primeiro momento a dois.

– Não, a calcinha está no lugar – ela responde, e nós todos rimos. Ele então a coloca sentada e começa a fazer sua magia.

Poucos minutos depois, George fecha a maleta e eu olho para Julie através do espelho. Nem sinal de lágrimas em seu rosto. Sorrimos para ele, e nos aproximamos para um abraço coletivo.

– Obrigada, amigo. Não sei o que eu faria sem você.

– Nem eu – completo.

– Teriam que me conhecer de qualquer jeito, gata. Ou suas vidas não seriam tão emocionantes.

Nós saímos do banheiro às gargalhadas, de volta para a festa. George com certeza é o melhor amigo que uma garota poderia ter.

Zach

Vejo Jo caminhando pelo corredor, na companhia de George e Julie. Eles três estão rindo e ela está incrivelmente bonita, num vestido estampado com flores vermelhas, um salto muito alto e carregando o presente que lhe dei no pescoço: um colar de ouro branco, com um pingente no formato de uma gota em esmeralda. A pedra é exatamente da cor dos olhos dela.

Eles param próximos à mesa de jantar e sua mão sobe até o pingente. Já tinha percebido que ela fazia isso inconscientemente, e adoro saber que meu presente, dado ontem à noite depois que fizemos amor, é lembrado constantemente por ela.

– Meu filho, esse cabelo está ficando grande – Mary chama a minha atenção, e eu sorrio para ela.

– É verdade – eu respondo passando a mão no cabelo, lembrando de Jo. – Vou ver se corto esta semana.

– Não precisa cortar. Está grande, mas combina com você. Principalmente com esse olhar comprido que você anda para uma certa pessoa – ela fala e olha significativamente em direção a Jo.

– Não... Mary, você...

– Querido, conheço vocês como a palma da minha mão. Uma mãe não se engana. Mas leve seu tempo para resolver as coisas. Ela vale a pena – Mary fala de forma enigmática e pisca para mim, saindo em direção a Paul. Se Jo soubesse que sua mãe anda pensando coisas a nosso respeito, ela fugiria correndo para as colinas.

★

Finalmente, chega a hora da troca de presentes. Trouxemos presentes para todos e eu já ganhei camisas, CDS e livros. Dei a Jo um vale SPA, que também valia para George e Julie. Não tirei os olhos do colar em seu pescoço na hora de entregar o envelope.

Então, George entrega uma caixa para Jo, que vem em minha direção. Ela me deseja feliz Natal e entrega a grande caixa vermelha. Mesmo estranhando o fato de ela me presentear com algo na frente da família, abro a grande caixa e me deparo com... meias. Ela me deu meias de presente?

– O que você ganhou, meu filho? – Mary pergunta, parecendo curiosa.

– Meias – respondo, sem conseguir disfarçar a decepção. Ela me deu meias? – Você me deu meias de Natal? – eu pergunto, sem conseguir acreditar.

– Ah, meias são úteis. E como não temos muita intimidade, achei que era um presente mais... adequado – responde, sorrindo de leve, como se estivesse rindo de uma piada que só ela conhece.

– Mas meias... de Natal? – eu pergunto, só com o movimento dos lábios, decepcionado, para que ninguém visse. Dá pra acreditar nisso?

– São meias brancas? – George pergunta e eu balanço a cabeça concordando. – Você pode fazer uma performance a la Tom Cruise em *Negócio Arriscado*.

A sala inteira vem abaixo com gargalhadas e até eu não consigo segurar o riso. Olho para o lado e vejo a Julie chorar de tanto rir.

Levanto para pegar uma taça de champanhe, e ela se aproxima da mesa, servindo-se de uma taça também. Nossos olhos se cruzam e eu pergunto, mais uma vez, baixinho:

– Meias, princesa?

– Você sabe – ela começa, falando tão baixinho quanto eu – que muitas vezes nem tudo é o que parece ser. – O rosto dela muda e ela me dá aquele olhar safado de quando estamos fazendo amor.

– O que você quer dizer com isso? E que olhar é esse? Você não está insinuando que eu vá te amarrar com todas essas meias, não é? – Começo a ficar preocupado com esse ar de gatinha selvagem.

– Seria tentador, mas eu, se fosse você, examinaria seu presente melhor – ela fala, sorri e se afasta em direção a Julie e Jennifer. Volto para o sofá, abro a caixa novamente e resolvo olhar as meias com mais atenção. É uma grande caixa e tem cerca de vinte pares de meias enroladas. Pego uma das meias e resolvo desenrolar para ver o que tem de tão diferente que precisa de um "exame mais apurado".

– É uma bela meia – Rafe fala, sentando ao meu lado, enquanto todos conversam.

Por que ela me daria meias de Natal? Eu me pergunto, ainda encucado. Não sou um cara de meias. Cuecas eu até acharia útil, mas meias?

Rafe se distrai com Alan e resolvo olhar dentro da meia e encontro um papel dobrado. Quando o abro, quase caio do sofá. Está escrito em letra cursiva, a caneta vermelha:

Você ganhou um vale-sacanagem.
Escolha sua brincadeira e troque por este vale.

Vale-sacanagem?! Essa mulher quer me matar. Levanto discretamente e vou até um dos quartos de hóspedes da casa, com a desculpa de ir guardar meus presentes caso alguém me pergunte aonde estou indo. Entro no quarto, acendo a luz e tranco a porta. Começo a desenrolar todas as meias rapidamente e encontro os mais diversos tipos de vales, um em cada pé de meia. Tem desde vale-rapidinha-na-cozinha até vale--transa-nos-fundos-do-After-Dark. Tenho quarenta papeizinhos que me garantem as mais diversas fantasias. Guardo os papéis na minha carteira, para não correr o risco de alguém mexer e ler o que não deve. Retorno para a sala, sem tirar os olhos de cima dela.

Ela, então, olha para mim novamente e sorri, enquanto faço planos silenciosos a respeito de qual vale usarei primeiro. A noite segue, divertida. Alan pega o estojo com seu violão e canta com Julie "You are my Sunshine", além de outras músicas de Natal. Muitas horas depois, chega o momento de irmos embora. Nos despedimos de todos e entramos em meu carro. Olho para Jo e ela sorri para mim, mas eu continuo sério, olhando para ela.

– Zach? Está tudo bem? – ela pergunta preocupada.

– Sim, princesa. Estou só decidindo qual vale vou usar primeiro essa noite.

– *Ohhh.*

Nossa noite estava só começando.

Capítulo três

Jo

São sete horas da noite de 31 de dezembro. Ando impaciente, de lá para cá em meu apartamento, esperando Zach chegar. Ele me mandou ficar pronta às sete. "Sem atrasos", ele disse.

Olho-me novamente no espelho. Apesar das minhas inúmeras perguntas sobre aonde iríamos, tudo que ele me disse foi que eu deveria me vestir adequadamente para uma comemoração de Réveillon. Passo a mão pelo meu belo vestido verde Calvin Klein, que me custou uma fortuna, mas mesmo assim o comprei porque a vendedora disse que era da cor dos meus olhos. E ele combina perfeitamente com a sandália Louboutin Nude que George me deu de presente de Natal, dizendo que seria perfeita para qualquer ocasião. E realmente é. Acho que é a sandália mais linda que eu tenho. Meus cabelos estão presos num coque frouxo, que eu tenho certeza que antes do fim da noite será desfeito – se eu bem conheço o meu acompanhante. No pescoço, o colar que ele me deu de Natal.

A campainha toca e eu sinto um frio na barriga. Abro a porta e o Sr. Delícia está mais delícia do que nunca. Calça social escura, camisa rosa clara, com um blazer grafite. Ele já passou as mãos inúmeras vezes pelo cabelo, pela confusão sexy que suas mechas estão.

Não importa quantas vezes a gente se encontre. Só de vê-lo já me sinto pronta, molhada e excitada. Ele está tão sexy que eu abriria mão de ir a qualquer lugar só para pular em cima dele.

– Princesa, você está linda – ele fala ao me beijar. Um beijo tão sexy que não sou capaz nem de dizer meu nome, mesmo se minha vida dependesse disso. Enquanto nossas bocas estão grudadas uma na outra, sinto suas mãos correrem pelo meu corpo, em direção ao meu quadril. De repente, ele para e eu me sinto... sozinha. – Princesa, o que eu falei?

– Falou? Do quê?

– Acho que fui muito claro. Eu disse: vista-se adequadamente para uma comemoração de Réveillon, mas não use calcinha.

– Zach! Não vou sair para *não sei onde* sem calcinha. – Cruzo os braços e levanto meu rosto em desafio.

– Princesa, ou você tira ou eu tiro. Se eu tirar, vai ser mais uma rasgada. E dessa vez não vou comprar outra para repor.

– E se eu não tirar e não deixar você tirar?

– Eu vou embora, e passaremos o Réveillon separados, só porque você é teimosa o suficiente para não atender a um pedido simples – ele fala sério, seus olhos azuis parecendo desapontados. Que raiva! Sinto vontade de jogar algo no chão. Ele me tira do sério com esse comportamento mandão.

Saio da sala, sem falar nada. Vou até meu quarto e tiro a droga da calcinha. Olho no espelho para ver se aparece algo que não deveria sob meu vestido.

Fico satisfeita com o resultado e saio do quarto, voltando para a sala para encontrar o Sr. Mandão. Levo um susto quando entro e não o vejo na sala. Oh, meu Deus. Será que ele foi embora? Não consigo acreditar que ele fez isso comigo. Eu deveria ter avisado que atenderia ao seu pedido, em vez de bancar a menina mimada.

Estranhamente, sinto vontade de chorar. Sinto meus olhos se encherem de lágrimas e nem sei direito o porquê.

Sento-me no sofá, com uma sensação de vazio por dentro. Eu não tinha ideia do quanto ansiei para vê-lo. E agora, ele foi embora.

Fecho meus olhos e uma lágrima cai, seguida de outras, colocando para fora toda minha decepção comigo mesma.

De repente, sinto um toque na minha mão e outro no meu rosto. Abro os olhos e vejo Zach ajoelhado na minha frente, parecendo tão triste quanto eu.

– Princesa, o que houve? Por que está chorando? Se você não quer ir sem calcinha, tudo bem, é só me avisar se eu estiver ultrapassando os limites. Não quero ver você chorar assim, parte meu coração. – Ele beija meu rosto, secando com seus beijos as minhas lágrimas.

Ele não foi embora! Meu coração se aqueceu com toda a ternura que ele demonstrou e eu passo minhas mãos em seu cabelo bagunçado, acariciando e puxando-o para mais perto de mim.

–Você não foi embora – eu falo baixinho, abraçada a ele.

– Claro que não, princesa. Estava na lavanderia, fechando a janela. Você achou que eu iria embora? Sem avisar? Sem me despedir de você?

– Oh, Zach, não sei... eu só... eu achei que você tinha ficado desapontado comigo. – *Droga*. Falei demais. De novo.

– Linda, você não me desaponta. Eu gosto quando você me desafia. Me faz pensar em uma série de coisas que eu posso fazer para punir seu comportamento impertinente. – Ele abre aquele sorriso safado que usa quando está no modo Sr. Delícia.

Sinto uma onda de calor subir pelo meu corpo, começando nos pés, subindo pelas pernas, fazendo com que eu anseie pelo toque dele no meu centro. Meu estômago se retorce em nós de antecipação pelo que ele vai fazer comigo. Minha respiração se altera e já estou completamente excitada e pronta.

Zach

Linda. Perfeita. Deliciosa.

Eu não via a hora de levá-la para minha casa e fazer amor pelo resto da noite, ainda mais depois de vê-la chorar achando que eu tinha ido embora. Apesar de ter deixado meu coração apertado, ela demonstrou que estava muito mais envolvida do que eu imaginava.

Vim ao bar pegar um uísque para mim e um champanhe para ela. Enquanto espero, olho ao redor e a vejo na pista de dança, sacudindo o corpo no ritmo de "Don't Cha", das Pussycat Dolls. *Puta merda.* Eu já tinha visto ela dançar antes, mas hoje ela está especialmente sexy. Ela se destaca na pista de dança com seu corpo esguio, dançando sensualmente, o cabelo já solto e selvagem do jeito que eu gosto.

Sinto meu pau endurecer de imediato e tudo que consigo pensar é em fodê-la agora mesmo, no meio da pista de dança, sem me preocupar com quem está ao redor.

O barman entrega nossos drinques, eu viro todo o meu uísque de uma vez e sigo até a pista de dança, determinado a tê-la em meus braços. Ela dança de costas para mim, completamente desligada do que se passa ao redor, e se assusta quando eu passo meu braço em sua cintura fina, puxando-a contra meu corpo duro.

– Você está me deixando louco – falo em seu ouvido e entrego seu champanhe, enquanto ela esfrega a bunda em mim. Minha gatinha tem garras afiadas e está deliberadamente me provocando. Ela bebe sua taça, mas continuamos colados, dançando juntos, no ritmo sensual da música. Quando um garçom passa por nós, eu tiro a taça vazia de sua mão, coloco na bandeja e viro-a de frente para mim. O DJ troca a música, mas mantém o ritmo sexy com "Soldier", do Destiny's Child. Dançamos juntos, colados um no outro. Seus olhos presos nos meus. Puxo-a para ainda mais perto, para ela sentir que estou louco por ela.

Nos beijamos profundamente, completamente esquecidos de que estamos em um local público, com muita gente ao redor. Minhas mãos correm por seu corpo, e sinto-a ficar toda arrepiada.

–Você é tão gostosa. Só de sentir seu corpo arrepiar eu sei que você está pronta pra mim.

– Oh, Zach... – ela fala tão baixinho, quase um gemido, que me deixa ainda mais louco. Eu a quero, e quero agora.

Segurando sua mão, levo-a para o outro lado da festa, passando entre as pessoas que lotavam a festa de Réveillon. Quando entramos no lugar, notei uma área próxima aos banheiros, onde a iluminação é quase nula – vamos para lá. Sei que ali não é o local mais adequado, mas vai ter que servir.

Eu sabia que fazê-la vir sem calcinha era uma excelente ideia. Empurro-a contra a parede escura, descendo minha boca sedenta sobre a dela. Eu não me canso do seu beijo, seu toque, seu cheiro. Não temos muito tempo, já que estamos em público, então minha mão alcança a bainha do seu vestido e eu enfio um dedo dentro dela. Percebo que ela já está completamente molhada e pronta para mim.

Ela geme e eu tiro a mão, abro o zíper e coloco meu pau para fora. Desde que ela está comigo e somos adeptos dessas rapidinhas em lugares públicos, eu parei de usar cueca, para facilitar, a qualquer hora e em qualquer lugar.

Meu pau faz seu caminho em busca dela e eu quase gozo quando ela o aperta conforme eu penetro. Nós dois gememos quando ela está completamente preenchida.

A música está quase no fim, e ouço o DJ começar a falar alguma coisa, enquanto começo a me movimentar dentro dela. Com força.

Duro. Rápido. Nunca foi tão quente como hoje, e só de pensar no que estamos fazendo sinto vontade de gozar. Tento me segurar, para que tudo não acabe tão rápido. O DJ continua falando e inicia a contagem regressiva para o ano novo.

– Nove, oito, sete... – o DJ fala no microfone, seguido da multidão. Nossos movimentos se aceleram, e sinto Jo começar a estremecer em meus braços. – Seis, cinco, quatro...

Ela geme alto, sem se preocupar se alguém por perto pode ouvir, e aperta meu pau a cada espasmo de prazer. Acelero meus movimentos, chegando ao meu ponto sem volta. – Três, dois, um...

– Feliz ano novo, princesa – eu falo em seu ouvido e gozamos juntos, eu jorrando dentro dela.

O próximo ano, eu penso, *com certeza será um ano perfeito*. Para nós dois.

Capítulo quatro

Algumas semanas depois...

Jo

– Johanna, seu compromisso das 16h30 está lhe aguardando. – Respiro fundo quando a voz da minha assistente interrompe meus devaneios e me lembra do próximo compromisso.

– Ok, Livy, me dê cinco minutos que já vou atendê-la – eu peço e desligo o interfone. Preciso me concentrar novamente no trabalho. Ficar pensando em Zach e no que fizemos no ano passado, há um mês ou ontem, não vai me ajudar.

Eu trabalho na Chapman, Simmons & Walker Advogados Associados há quase um ano como advogada especializada na área de entretenimento. Meus clientes eram aqueles que a maioria dos meus colegas não queria atender: atores mimados, atrizes repletas de botox, roqueiros tatuados, autores temperamentais e qualquer pessoa do ramo do entretenimento que precisasse de orientação jurídica ou de alguém que segurasse suas mãos e dissesse que tudo ficaria bem.

Nunca imaginei que após me formar na faculdade de Direito, com as melhores notas da turma, eu trabalharia cuidando de artistas. A área tributária era o meu grande sonho. Mas, quando eu consegui a vaga na Chapman, Simmons & Walker, a única área que eles tinham disponível era essa, apesar de ter concorrido com outro advogado, Liam Foster – Liam, o Horrível –, que passou a cuidar da área tributária que eu tanto queria.

Tento me convencer de que o fato de eu ser mulher e ele homem não foi determinante para essa escolha. Mesmo eu tendo mais especializações na área e notas melhores que o Horrível. Grosseiro, mal educado, machista... a lista de seus pecados é enorme, e eu realmente o odeio.

Bom, agora que eu consegui tirar o Sr. Delícia da cabeça, já me sinto mais tranquila para atender Mary Scott-Adams, uma atriz que fez apenas um filme em Hollywood, mas que já se acha *a estrela*.

Abro a porta do escritório para pedir a ela que entre. Deparo-me com a mulher baixa, corpo curvilíneo, cabelos pretos na cintura e vestido muito curto. *Ewwrrr...*

– Mary, querida, por favor, entre. – Eu colo o meu melhor sorriso profissional no rosto, apesar de estar sem paciência.

– Johanna, você não deveria me fazer esperar. Sou uma estrela, meu bem – ela fala, seu olhar correndo meu corpo de cima a baixo com ar de desdém. *Senhor, dê-me paciência.*

– Desculpe. Eu não tive como te atender de imediato, pois estava na etapa de um contrato que não tinha como parar. Desculpe-me, sim? – Eu odeio fazer essa personagem bajuladora. Droga. – Você aceita um café? Um cappuccino? Uma água?

– Aceito um prosecco. – Vou até o pequeno bar que temos em cada sala para atender aos pedidos dos clientes. O da minha sala normalmente é o mais completo, já que meus clientes são, em sua maioria, boêmios e adoram uma bebida.

Sirvo-lhe uma taça de prosecco e volto a me sentar atrás da minha mesa, mantendo a postura profissional.

– Então, Mary, em que posso te ajudar hoje? – pergunto, tentando dar o meu melhor sorriso simpático para clientes. Foco na promoção, Jo. Foco na promoção!

– Johanna, estou muito desapontada – ela fala, interpretando a rainha do drama. – Meu agente conseguiu esse papel incrível de coadjuvante... – observação: coadjuvante, neste caso, significa quase figurante – num filme *cult* – outra observação: *cult*, ou seja, baixo orçamento – e, na hora de negociar o contrato, você não negociou um cachê à altura do meu talento – ela fala, fazendo um biquinho inchado de botox.

Essa é uma das coisas que eu detesto no meu trabalho. Eu deveria estar lidando com números e impostos e contratos realmente importantes, mas tenho que cuidar de atrizes inexpressivas que acham que são a última bolacha do pacote.

– Mary, entendo sua insatisfação, mas eu e Luke conversamos e chegamos à conclusão de que era melhor um contrato que não fosse tão satisfatório financeiramente do que você ficar à espera do papel perfeito para o seu talento. – Que, no caso dela, é nenhum. Sem julgamentos! Eu, pelo menos, tenho noção do que é talento. – Assine o contrato e encare-o como uma espécie de treinamento para o seu próximo grande papel.

– Mas... – ela começa, mas a interrompo.

– Muitos atores que hoje são astros do primeiro escalão de Hollywood começaram dessa forma, Mary. E é uma sorte a produção de *Ela não é o que parece* poder contar com um talento como o seu no elenco. – Que espécie de filme tem um nome assim? – Tenho certeza de que você irá brilhar muito mais que o restante do casting.

– Você acha, Johanna? – ela pergunta, parecendo deslumbrada com o meu discurso motivacional.

– Tenho certeza. – Nesse momento o interfone toca e eu peço licença para atender.

– Sim, Livy?

– Johanna, aqueles seus dois deuses gregos estão aqui – ela fala e eu percebo seu ar ofegante.

– Livy? De quem você está falando? – eu pergunto, confusa. Não tenho mais clientes agendados.

– Um deles atende pelo nome de seu irmão – ela baixa o tom de voz. – Se ele não estivesse noivo, eu pularia nele. Que homem!

– Livy! – Eu não aguento quando as mulheres ficam enlouquecidas pelo meu irmão. Como posso pensar nele como uma espécie de deus grego? *Ecaaaa.*

– Desculpe, Johanna, eu sei que é seu irmão. Agora, o outro... Nossa Senhora das Solteiras em Perigo, por favor, me proteja. Ele tem um olhar de homem que pega a gente, joga na parede e chama de lagartixa. – *Droga.* Era Zach.

– Livy, peça para eles me aguardarem. Estou finalizando aqui com Mary.

– Ok. Ai, ai. – Ela suspira e desliga. Viro-me para Mary, que está impaciente me aguardando.

– Mary, querida, precisa de ajuda com algo mais? Peço desculpas, mas meu próximo compromisso já chegou, preciso atendê-los...

– Claro, Johanna. Era só isso mesmo. Eu também tenho hora na manicure – ela fala enquanto se levanta, pega a bolsa e joga o cabelo para trás, deixando uma nuvem de perfume forte no ar.

Eu a acompanho até a porta e ela se despede com dois beijinhos no ar. Quando se vira, dá de cara com meus dois deuses gregos: Danny e Zach.

– Oh, céus – ela fala para mim, quase lambendo Zach. Vaca. – Johanna, você precisa me apresentar ao seu cliente. Acho que temos muito em comum.

Arghh... jamais!

– Mary, eu realmente preciso ir. Daniel, Zach, por favor – eu os chamo, ignorando-a completamente.

Daniel passa por ela dando boa tarde e me dá um abraço apertado. Quando olho para cima, Zach está me encarando com um brilho nos olhos que eu conheço bem.

Daniel entra em minha sala e Zach se aproxima para me cumprimentar. Ele para na minha frente, os olhos brilhando, o perfume enlouquecedor, e tudo em que eu consigo pensar é puxá-lo para dentro da minha sala, jogá-lo em cima da minha mesa e montar nele pelo resto do dia.

– Zach – falo e fico na ponta dos pés para beijar seu rosto. Eu me considero alta, com meus quase 1,70 m, mas Zach é infinitamente maior que eu.

– Jo. – Ele se abaixa para retribuir meu beijo, e fala baixinho no meu ouvido. – Princesa – *oh, Deus.* A cada dia era mais difícil conter as coisas que eu sentia por ele.

Viro-me para Livy, que está praticamente formando uma poça de baba aos seus pés, e peço: – Livy, por favor, leve a Srta. Scott-Adams até a porta. Tchau, Mary – eu me despeço e fecho a porta, voltando-me para meu sorridente irmão.

– Danny! Como está a Julie? E o bebê?

– Estão bem. Ela tem exame marcado na sexta com o obstetra – ele fala, todo orgulhoso.

– E a que eu devo a honra de ter vocês dois em meu escritório? – pergunto, sorrindo para os meus dois homens preferidos.

– Nós estávamos aqui perto para uma reunião com fornecedores. Zach sugeriu que fizéssemos uma visita – Danny fala e meu queixo cai. Ele está perdendo a noção do perigo.

– Zach sugeriu? Jura? – Ele queria me deixar louca. – Vocês querem um café? – pergunto, tentando manter minhas mãos ocupadas. Os dois aceitam e, enquanto coloco a máquina para passar o café, Danny começa a contar sobre a casa nova e o projeto que George fez para o quarto do bebê.

– George arrebentou no projeto do quarto do *Mini--Mim*, Jo.

– Ele só fez o projeto de quarto de menino? E se for uma menina? Como você quer seu café, Danny? – pergunto, preocupada. Essa história de *Mini-Mim* era uma preocupação na família. Se fosse uma menina, nós esperávamos que ele não se decepcionasse.

– Um sachê de açúcar. Jo, já expliquei a vocês que o destino não iria brincar comigo desse jeito. Tenho certeza de que será um garotão. – Entrego a xícara para ele, que continua divagando. Solto uma gargalhada ao imaginar Danny sentado no chão, com um garotinho de cabelos bem claros e olhos verdes como os dele, e volto para a máquina de café para fazer o de Zach.

A conversa sobre o projeto continua enquanto preparo o cappuccino, que sei que ele gosta com canela e chocolate. Vou até Zach, entrego a xícara e, em seguida, pego uma garrafa de água para mim, quando Danny me surpreende com uma pergunta.

– Maninha, como você sabe o jeito que Zach gosta do café dele? – *Jesus, Maria e José!* Lógico que eu sabia. Ele tomava café quase todos os dias comigo. Como vou sair dessa agora?

– Ela sabe porque no Natal nós conversamos sobre isso. Estava explicando a ela a diferença entre os grãos e a temperatura ideal – Zach fala e, ao mesmo tempo em que respiro fundo de alívio, fico arrepiada com o timbre da sua voz. *Estou tããooo ferrada.*

– Ah, sim! Jo, Zach sabe tudo sobre culinária. Ele poderia ser um grande chef, se quisesse. – Sento em minha cadeira e sorrio para os dois.

– Jura? Eu não sei cozinhar nada. Sou uma negação – falo, e Zach balança a cabeça. Mal sabe Danny que quem me ensinou a fazer café está sentado ao lado dele.

O celular de Danny toca um trecho de "Come away with me", na voz de Julie, e ele abre um grande sorriso ao atender ao telefone.

– Oi, baby! Está tudo bem? – ele pergunta e fica em silêncio, ouvindo o que Julie está falando. Enquanto isso, Zach não tira os olhos de mim. Eles estão escuros, daquele jeito que... droga. *Não, Zach. Não me faça ter pensamentos desse tipo com você quando meu irmão está junto.* – Ju, baby, você tem certeza que quer comer isso? Pode te fazer mal... – Ele nem tem chance de completar o raciocínio, pois Julie deve estar reclamando que ele não é compreensivo quando ela tem desejo de comer coisas que o bebê está com vontade. – Ok, baby. Estou indo. Não chore, já estou a caminho.

– Qual a bizarrice da vez, Danny? – questiono, já sabendo que será algo muito estranho.

– Ela quer camarão com bananas flambadas – ele responde com ar derrotado.

– Ecaaaaa! Onde você vai comprar isso? – pergunto, e Danny abre um sorriso.

– Eu não vou comprar, porque ninguém é doido de ter uma gororoba dessas no cardápio. Zach vai fazer. – O sorriso de Danny aumenta e o meu diminui. Droga. Zach iria passar a noite na minha casa.

– Eu? Não, não, não. Danny, já te disse que tenho um compromisso.

–Você não pode se negar a realizar o desejo de uma mulher grávida, né? E se meu filho nascer com cara de camarão? Ou pior, se nascer com cara de banana flambada?

– Droga, Danny, isso não se faz. Vamos embora, antes que eu perca a noite inteira na cozinha. – Danny faz uma dancinha da vitória e levanta animado para irem para casa.

– Tchau, irmãzinha. Se cuida.

– Você também – digo, abraçando-o, e dou um beijo em seu rosto. Ele se afasta e Zach se aproxima, para se despedir de mim, falando alto:

– Tchau, Jo. Obrigado pelo café. – Ele se aproxima ainda mais, me dando um abraço, e meu corpo rapidamente se aconchega em seu calor.

– Por nada – eu falo num murmúrio. Não resisto e dou um beijo leve em seu rosto. A cada dia que passa fico mais e mais dependente do contato do seu corpo com o meu.

Ele me dá aquele sorriso torto, pisca o olho, e eles saem da minha sala, dando tchau e se despedindo de Livy.

– Johanna, você precisa me dar o endereço dos lugares que você costuma frequentar, para eu achar um gato desses para mim! Nem vou falar para você me apresentar a esse destruidor de calcinhas, porque ele é areia demais para o meu caminhãozinho – ela diz, e não posso evitar o riso.

– Ele e Danny são amigos desde a faculdade.

– Se de onde saiu esse tiver mais, vou ter que voltar a estudar – ela fala, suspirando.

De repente, meu celular faz um barulho de mensagem de texto. Imaginando que seja George, vou até a mesa e o pego, ainda pensando em Zach. Para minha surpresa, o nome de Zach pisca na tela.

Princesa, você fica deliciosa com essas roupas de trabalho. Eu só conseguia pensar em te jogar em cima daquela mesa e passar o resto da tarde enterrado em você. Vou até a casa de Danny fazer a comida estranha, mas volto para alimentar você, ok? Me espere em casa, vou direto para lá.

Bjs, Z.

Eu mal posso esperar!

Capítulo cinco

Zach

Depois de passar o final da tarde e o início da noite cozinhando uma comida estranha e outra mais normal na casa de Danny e Julie, finalmente consigo me despedir e ir embora. Eu adoro os dois. Daniel é um dos meus melhores amigos, mas eu mal podia esperar para chegar à casa de Jo.

Só de pensar nela, não consigo parar de sorrir. Estamos juntos há tanto tempo e, mesmo assim, ela desperta em mim o mesmo sentimento que eu tinha no início, quando nos beijamos pela primeira vez na festa de Fred.

Johanna é a mulher mais linda que já passou pela minha vida. Ela poderia tranquilamente ter feito carreira como modelo se não fosse advogada. Ela tem um corpo sedutor, longilíneo, que me deixa babando a cada vez que a vejo. Seu cabelo loiro e comprido contrasta com a imagem de mulher moderna que ela tem, suavizando seus traços marcantes. E os olhos... ah... os olhos... de um verde profundo, com pequenas rajadas douradas. Seu olhar é único, parece capaz de enxergar dentro da alma.

Linda por fora, selvagem por dentro. Essa é a descrição perfeita para ela. O que ela tem de bonita, tem de teimosa. A sorte é que com ela eu me torno um cara paciente, porque essa teimosia em outra pessoa já teria me tirado do sério.

Entro no carro, pensando em como essa situação me desagrada. Estamos juntos, entre idas e vindas, há cerca de três anos e, até hoje, nos escondemos de todos como se estivéssemos cometendo um crime. Tudo porque ela acha que o irmão iria nos matar quando descobrisse nosso envolvimento.

Ok, eu não tenho dúvidas de que, no início, Danny iria surtar, me dar um soco e ficar uns dias sem falar comigo, morrendo de ciúmes da irmãzinha. Mas depois ele sentaria para conversar comigo e eu o convenceria – acho – de como Jo é importante para mim.

Seguindo pela praia de Santa Monica, vou pensando no quanto a vida do meu melhor amigo mudou com esse casamento e uma família a caminho. Não posso deixar de sentir uma certa inveja do que ele e Julie têm. Tudo que eu queria era um relacionamento legal, sem complicações, com a possibilidade de um futuro em comum. O que foi? Estou muito sentimental? É... foi mal. Acho que é a crise dos trinta me pegando.

Pego a estrada em direção a Melrose, um caminho que estou acostumado a fazer, pelo menos três vezes por semana.

Jo mora sozinha num loft, próximo à antiga casa de Daniel. Nós dormimos juntos quase todos os dias, na minha casa ou na dela, exceto quando ela tem algum compromisso de trabalho muito cedo. O loft onde ela mora tem dois andares: no térreo, uma sala com móveis brancos e uma cozinha americana bem equipada, normalmente utilizada por mim, já que ela não sabe nem ferver água. No andar superior, o quarto com uma enorme cama ocupando todo o centro.

Ouço um barulho de SMS em meu celular, e imagino que seja Jo, perguntando se vou demorar. Como já estou próximo do apartamento, decido não responder. Enquanto dirijo, fico pensando em preparar um espaguete com camarões apimentados e molho branco. E, de sobremesa, mousse de chocolate. Ela vai me matar por sabotar sua dieta, mas eu sei que não vai resistir. E, depois que ela estiver satisfeita, eu vou saboreá-la no balcão da cozinha. Só de imaginar já fico duro.

Abro o portão da garagem com o controle remoto, que ela me deu junto com as chaves do loft depois de muita briga. Não fazia nenhum sentido passar tanto tempo na casa dela e ter que depender do porteiro para abrir a porta para mim.

Estaciono o carro e sigo para o elevador, tentando acalmar meus ímpetos. Se eu já chegar de pau duro na casa dela, vou jogá-la na cama e vamos ficar sem jantar; e eu tenho certeza que ela deve estar morrendo de fome, já que come igual a um passarinho durante o dia.

Saio do elevador assoviando "Let it be", dos Beatles, animado por estar em casa. É engraçado como eu sinto que aqui, ao lado dela, é muito mais minha casa do que onde moro.

Abro a porta com a minha chave duramente conquistada e me deparo com a casa em silêncio. Onde será que ela está?

Entro, tranco a porta e coloco minhas coisas em cima da mesa, mantendo o telefone na mão para ligar para ela. Quando olho para cima, vejo a luz do abajur acesa, subo até o quarto e a cena que vejo amolece meu coração: Jo, usando óculos e vestida com a minha camisa azul, deitada na cama com vários documentos ao seu redor, dormindo profundamente.

Resolvo deixá-la descansar enquanto preparo o jantar. Ao descer, lembro-me do SMS que recebi enquanto estava dirigindo e resolvo ver o que ela mandou para mim. Chegando na cozinha, abro a caixa de mensagens do meu celular e fecho a cara.

Zach, estou nua te esperando. Vem, gostoso. Lolla.

Merda. Essa mulher não desiste. Conheci Lolla há tempos, no After Dark, na época em que eu e Jo estávamos separados. Saímos juntos por um tempo, mas Lolla era cabeça de vento demais para o que eu precisava. Além disso, eu não conseguia tirar Jo da cabeça – o que me fez chamá-la de Jo por duas vezes quando estávamos na cama. Acho que ela imaginou que isso era algo excitante, pois, mesmo eu tendo me afastado dela, não desistia.

Desde então, aparecia de tempos em tempos no bar, tentando me beijar ou me levar para a cama, e continuava me mandando mensagens, apesar de eu já ter trocado de número duas vezes. Resolvi ignorar a mensagem provocante e ir preparar o jantar.

Cozinhar é um prazer para mim. Se eu não tivesse aberto o After Dark com os caras, eu teria meu próprio restaurante, com certeza.

Acendo o fogo, coloco a massa para cozinhar e começo meu ritual. Ligo o som baixinho, para não acordá-la, e "Treasure", de Bruno Mars, começa a tocar. Canto no ritmo da canção, enquanto mexo o molho e bebo um pouco do vinho branco que Jo havia colocado na geladeira.

Jogo os camarões na frigideira, lembrando do desperdício de prato que fiz na casa de Danny, e não consigo segurar a risada. Camarão com banana flambada! Deus me livre.

– Os camarões estão contando alguma piada particular para você? – Surpreso, levanto a cabeça e me deparo com a minha garota parada no pé da escada, parecendo deliciosamente sedutora, com os cabelos soltos e bagunçados, ainda vestida com a minha camisa.

– Estão sim. Eles estão dizendo o quanto você está gostosa com a minha camisa, e que eu deveria poupá-los de ir ao fogo e fazer de *você* minha refeição – eu falo, e ela solta uma gargalhada.

– Mas, se eu for sua refeição, vou ficar com fome – diz, fazendo ar de inocente.

– Hummm... acho que não. Eu posso matar a minha fome e a sua. – Nós dois rimos e eu faço um sinal com a mão para ela se aproximar. – Vem dar um beijo no seu chef particular, vem.

Abaixo o fogo e saio de perto do fogão, enquanto ela vem até a mim e pula em meu colo, envolvendo meu corpo com suas pernas e meu pescoço com seus braços.

– Olá – falo e, em seguida, beijo e lambo seu queixo.

– Oi – ela geme em meu ouvido. Tenho certeza de que, se eu levantar sua camisa e passar o dedo entre suas pernas, ela já vai estar pronta para mim. Seguro-a com um braço pela cintura e desço meu outro braço por seu corpo em direção à sua bunda, quando noto que ela está sem calcinha.

– Dra. Stewart, a senhorita está usando meios escusos para obter vantagens sobre mim? Onde foi parar sua calcinha? – pergunto, sério, e vejo um brilho malicioso em seu olhar.

– Culpada, meritíssimo. Eu não sei onde a deixei. – Jogo-a por sobre meu ombro, com a cabeça voltada para o chão e a levo em direção à sala, enquanto dou um tapa em seu traseiro descoberto e ela solta um gritinho. Essa mulher vai me levar à loucura.

Coloco-a no sofá macio e deito-me sobre ela, unindo nossas bocas num beijo sensual e cheio de saudades. As mãos dela correm por minhas costas, subindo e descendo, levantando minha camiseta enquanto seguro seu seio.

De repente, o cheiro de camarão chama a minha atenção.

– Princesa, preciso levantar.

– Não, Zach, quero você – ela fala, ainda me agarrando.

– Eu também te quero, mas nosso jantar vai queimar. Prometo que vamos voltar de onde paramos.

– Só deixo você ir se fizer sobremesa para mim.

– Princesa, teremos de sobremesa mousse de chocolate com recheio de você – falo, piscando o olho, e me afasto para voltar a cozinhar, antes que nosso jantar queime.

Mal posso esperar pela hora da sobremesa.

Capítulo seis

Jo

– Hummm... Zach... que delícia! – gemo, de olhos fechados, enquanto saboreio uma colherada de mousse. Nunca imaginei que a comida pudesse proporcionar tanto prazer.

– Princesa, se você continuar assim, não vou responder por meus atos – Zach fala, com um sorriso safado e a voz rouca, me deixando arrepiada dos pés à cabeça. Com ele era sempre assim, eu nunca estava satisfeita ou sem vontade.

Zach era como uma droga. Um vício. Uma barra de chocolate no auge da TPM. Bastava ele levantar o olhar para mim que eu sentia vontade de dizer "Sim, Senhor". Está vendo? Sou como uma viciada que não consegue dizer não a mais uma dose.

Ele levanta, começa a tirar os pratos da bancada, levando-os para dentro da pia. Aproveito que ele está de costas e observo o meu Sr. Delícia. Camiseta preta, jeans desbotado perfeitamente ajustado em seu corpo e pés descalços. Ele parecia tão confortável em minha casa, como se ali fosse o seu próprio ambiente, que eu não conseguia mais ficar no meu loft sozinha. Os dias em que ele não estava, eu ia para a casa dele.

Vivia em crise comigo mesma porque, apesar de ser louca por ele, sabia que essa relação não iria durar. Ele é lindo demais, gostoso demais, faz amor bem demais – e é amigo do meu irmão ciumento demais – para que tenhamos uma história com final feliz.

Eu não queria nem pensar no que o Daniel faria se imaginasse que algo estava acontecendo. No mínimo teríamos o início da Terceira Guerra Mundial.

Zach começa a lavar a louça enquanto bebo um pouco mais de vinho branco. Eu não costumava beber no meio da semana, mas o jantar estava tão gostoso, e combinava tão perfeitamente com aquele vinho, que não fui capaz de resistir.

Eu sabia também que tomar o vinho levaria embora minhas inibições. E Zach também sabia disso. Aproveito sua distração para babar um pouco mais por seu corpo sedutor.

Meus olhos percorrem suas costas largas, braços fortes, bunda dura e pernas que...

– Está gostando do que vê? – ele pergunta pegando-me no flagra. Oh, droga.

– Um pouco. Até que você não é mal. – Eu sabia que provocaria o touro com um pano vermelho.

– Não sou mal? Sério? – ele pergunta e tira a camiseta. Oh. Meu. Deus. É impossível não me sentir atraída por aquele corpo perfeito. Dizer que ele é lindo chega a ser redundante.

– É, você dá pro gasto. Além disso, não cumpre muito aquilo que promete. – Olé, touro! Olé!

– E o que eu prometi a você que não cumpri, Srta. Espertinha? – Ele abre o botão da calça e sinto que estou como um cachorro assistindo ao frango da padaria.

– Prometeu que acharíamos minha calcinha – respondo a coisa mais sem noção que posso imaginar.

– Humm... acho que não prometi isso, não. – Ele passa a mão naquele cabelo loiro quase comprido. – Acho que prometi pegar minha camisa de volta.

Olho para baixo, para a camisa que ele deixou lá em casa há algum tempo e que eu ocasionalmente vestia, principalmente quando sentia falta dele.

– Essa aqui? – pergunto, apontando para a peça com que estou vestida. Ele acena, com os olhos presos nos meus, e sinto que todas as borboletas do universo estão em festa no meu estômago.

– Sim, essa aí. Ela me pertence, sabia disso? – Os olhos dele estão presos nos meus e eu fico trêmula por antecipação. Ferrada! Ferrada! Ferrada!

– Desculpe. Achei que ela poderia ser minha – falo, ainda sentada na banqueta, e começo a desabotoar a camisa bem devagar. Ele estava me enlouquecendo, mas eu também não facilitaria para ele.

Abro botão por botão, sem desviar o olhar. Quando estou no final, ele se aproxima sem quebrar o contato visual e estende a mão para mim.

– A camisa, princesa – ele fala, já no modo Sr. Mandão, que muitas vezes me irrita, mas que nesse momento faz com que eu me sinta ainda mais excitada.

Abro o último botão e deixo o tecido deslizar pelos meus braços devagar, expondo meu corpo nu por baixo da camisa.

– Você vai ter coragem de me deixar assim? – pergunto, entregando a camisa para ele.

– Assim como, linda?

– Nua, com frio.

– Nua? Vou sim. Quanto ao frio, vou fazer algo que vai te esquentar rapidinho – ele fala e se aproxima, jogando a camisa no chão e beijando meu pescoço, me fazendo gemer logo no primeiro contato.

Zach me pega no colo e me coloca deitada em cima do balcão já vazio, arrepiando meu corpo em contato com o mármore gelado.

– Oh, Zach...

– O que foi, princesa? – ele fala, a língua descendo pelo meu pescoço, deixando um rastro molhado que me arrepia quando o ar gelado do ar condicionado me alcança. – Esqueceu que prometi que você seria a minha sobremesa? – Sua boca segue o caminho, beijando, lambendo e mordendo, até chegar ao seio direito.

Enquanto ele segura meu seio esquerdo com a mão firme, brincando com meu mamilo, meu seio direito recebe atenção especial de sua boca. Ele morde, lambe e chupa, principalmente o mamilo, enviando ondas de prazer por todo o meu corpo. Quando já estou gemendo alto demais, ele move sua boca para o seio esquerdo, correndo sua mão pelo meu corpo, a caminho do sul.

Assim era Zach. Um amante cuidadoso, preocupado com meu prazer, atento aos detalhes. Fazer amor com ele nunca era uma simples rapidinha. Ele transformava um lanchinho num banquete, degustando meu corpo com calma, encontrando cada ponto que ele conhecia para me fazer gemer, me levando ao ápice de formas inesquecíveis.

Sinto sua mão passar pela minha barriga, o contraste de sua mão tão masculina com a minha pele delicada provocando arrepios, ao mesmo tempo em que sua boca trabalha em meu seio esquerdo, mordiscando o bico, lambendo e me deixando louca – o que ele faz de melhor.

Sua mão forte contorna meu quadril, chegando até a parte interna da minha coxa. Jogo a cabeça para trás, meus olhos fechados, na expectativa do momento em que ele vai tocar meu ponto sensível, mas isso não ocorre.

– Zach? – chamo, quando noto que ele parou a mão na perna. Ele levanta a cabeça, soltando o bico do meu seio.

– O que foi, princesa? – pergunta, com seus olhos nublados.

– Por que você parou? – *Oh... merda.* Eu devia ter travas na língua para não falar tudo que penso.

– Porque eu quero que, no momento em que eu te tocar, você esteja tão enlouquecida de prazer que vai gozar para mim.

– Oh... – Não tenho forças nem para responder.

– Nesta noite você vai ser punida por ser desobediente – ele fala, olhos escuros, voz rouca.

– Mas... o que eu fiz? – pergunto, confusa. Estou excitada demais para pensar com lógica.

– Roubou minha camisa – ele fala, com um sorrisinho de lado, mostrando suas covinhas, e então beija minha boca, enquanto estico a mão para passar pelos seus músculos definidos.

– É que ela fica melhor em mim do que em você. – Passo as unhas por suas costelas, sentindo cada dobra dos músculos da barriga. Ele tinha um corpo perfeito, e tudo que eu queria era senti-lo dentro de mim. – Zach?

– Oi, princesa – ele fala, voltando a percorrer meu corpo com a língua.

– Quero você. Dentro de mim. Agora. – Sinto uma mordida em minha cintura. – *Ahhhh.*

– Acho que você esqueceu que quem manda aqui sou eu – diz ele, enquanto continua mordendo meu corpo, que não para de estremecer.

Meus gemidos ficam cada vez mais altos, e ele leva seus dedos novamente em direção à minha coxa, percebendo que estou, a cada momento, mais e mais excitada.

Dessa vez ele não para a mão na parte interna da minha coxa. Ela segue o caminho até o meu centro, e mal encosta em mim e atinjo um orgasmo tão intenso e enlouquecedor que, se morresse agora, morreria feliz. Sinto como se eu tivesse saído do meu corpo e depois voltado.

– Oh, Jo – ele fala enquanto abre o zíper da calça jeans, ficando só de cueca boxer branca. – Ver você sentir prazer é algo tão maravilhoso. E agora quero estar dentro de você – ele fala, pegando-me no colo e subindo para o quarto.

Neste momento não existe mais calma ou paciência. Nossos toques são intensos e tudo que eu quero é sentir seu comprimento invadir meu corpo. Ele me coloca na cama, empurrando-me contra os travesseiros enquanto tira a cueca, deixando seu membro duro bem na minha entrada.

– Zach, você não vai me torturar, vai? – pergunto, sabendo que com certeza ele vai, porque isso é o que ele faz de melhor.

– Claro que não, princesa. – A ponta do seu pau começa a tocar em mim. Até que ele para.

– Oh, Zach... – eu gemo mais, tentando empurrar meu quadril para senti-lo entrar de uma vez.

– Sem pressa, Jo. Quero que você me sinta centímetro por centímetro invadindo seu corpo – ele fala, empurrando devagar para que eu possa sentir cada parte me penetrar. Segura meu quadril, baixando seu corpo contra o meu bem devagar, e eu vou gemendo à medida que ele entra. – Você. É. Minha.

Oh. Meu. Deus. Estou COM-PLE-TA-MEN-TE perdida.

Sinto ele me preencher, o peso do seu corpo sobre o meu, trazendo sensações extremas, e, quando ele começa um vai e vem devagar, eu não consigo, de forma alguma, conter meus gemidos.

Passo minhas unhas em suas costas, arranhando seu corpo gostoso, sentindo meu delicioso Zach estremecer de prazer.

Nossos movimentos se intensificam e somos uma confusão suada de braços, mãos, bocas e línguas num movimento rítmico. Nossos corpos estão ligados de uma forma completamente primitiva, mas que, ao mesmo tempo, transcende o desejo físico.

– Agora, Jo! – ele fala, com a respiração entrecortada, sem perder o ritmo do seu vai e vem enlouquecedor. Basta uma palavra dele para que eu atinja o orgasmo. Nossos corpos estremecem juntos e ele goza junto comigo, mantendo-me envolvida por seus braços fortes.

– Princesa? – ele me chama, e eu mal consigo levantar o olhar.

– Oi – respondo baixinho, sem conseguir me mexer nem que a vida na Terra dependesse disso.

– Vou virar ao contrário, com você por cima de mim, ok?

– Oh... Tudo bem – respondo, curiosa com a forma como ele fala. – Algum motivo especial?

– Ah, sim. Quero que você descanse um pouco, mas, quando recuperarmos a força, vou estar dentro de você.

– Oh, Zach! – protesto, sem muita vontade. Ele acabou comigo e ainda conseguia pensar em novas formas de se aproveitar do meu corpo.

E tinha minha total aprovação.

Capítulo sete

Acordo assustada, completamente enrolada em Zach, ainda trêmula depois de um sonho ruim. Não consigo lembrar o que aconteceu no sonho, mas fico com aquela sensação de angústia e mal-estar.

Levanto devagar para não acordá-lo. Zach tem o sono muito leve, já que a maior parte das noites ele passa acordado, trabalhando no bar.

O ar condicionado central do loft mantém o ambiente fresco, arrepiando minha pele aquecida pelo abraço dele. Desço as escadas devagar, no escuro, esfregando meus braços para tentar me esquentar. Pego a camisa de Zach, que estava no chão, aspiro para sentir seu perfume e visto enquanto penso que vou ter que roubar outra, porque essa já não tem mais o seu cheiro.

É ridículo, eu sei. Mas quando estou sozinha isso faz com que eu me sinta próxima dele, mesmo se estivermos longe.

Sigo até a cozinha, para beber um copo d'água, até que um zumbido chama a minha atenção. Vou até a sala com o copo na mão, tentando descobrir de onde vem o barulho, quando vejo o celular de Zach aceso em cima da mesa.

Eu tento não mexer nas coisas dele, principalmente celular, porque não somos namorados ou algo do tipo, mas... celular tocando às três da manhã? Só pode ser algo ruim.

Imediatamente a imagem de Julie passando mal e Danny ligando para pedir ajuda me vem à mente, e eu decido pegar o telefone.

Oh. Meu. Deus. Sinto o gosto de sangue na boca quando vejo o conteúdo da mensagem. Ou melhor, das mensagens. Uma vagabunda com nome de Lolla mandou duas mensagens de texto e três fotos para ele.

Zach, estou nua te esperando. Vem, gostoso. Lolla.

Querido, kd vc? Eu te quero agora! Lolla.

Fico completamente irada e, agindo de forma puramente irracional, resolvo remexer no telefone dele, abrindo as fotos que a vagabunda mandou.

Quase caio dura no chão ao abrir a primeira foto. Uma mulher, seminua, se oferecendo para ele. O rosto da vagabunda não aparece. Apenas a ponta dos cabelos pretos sobre sua pele branca.

Na segunda foto, ela está sem blusa e sem sutiã, seios de fora, com a mensagem:

Vem gato, estou pronta.

Eu não podia acreditar nisso. Meus olhos encheram de lágrimas e, já que eu tinha ido até ali, resolvi abrir a terceira foto. *Ecaaaaaaa*, que nojo. A vagabunda estava com um dedo "lá", e a mensagem:

Estou tristinha porque vc não veio.

Completamente irada, subo as escadas pronta para arrancar Zach da minha cama e colocá-lo para fora, sem me importar que são três da manhã.

– Zaaach!! Fora! – grito, sem me importar se ele está dormindo ou não. Quero ele fora da minha casa para que eu possa quebrar alguma coisa e depois me enrolar numa bola e chorar.

– Princesa? O que está acontecendo? – Ele senta na cama, assustado. Seu cabelo está uma confusão e seus olhos nublados do sono, deixando-o ainda mais gostoso. Merda. *Foco, Jo. Foco!*

– O que está acontecendo?! Você deveria procurar abrigo na casa das suas vagabundas, e não ficar aqui! – grito e jogo o celular em cima dele. – Anda, fora da minha casa! – Puxo o lençol com força, descobrindo-o. Esqueci que ele estava nu. Merda.

Ele levanta, ainda confuso, vem na minha direção e segura meus braços, enquanto fala irritado:

–Você pode me explicar com calma o que está acontecendo? –Tento me soltar, mas ele é muito mais forte que eu.

– Me larga, Zach. Eu quero que você saia! – grito com ele, tentando controlar as lágrimas que teimam em se formar em meus olhos.

– Não vou largar. Merda, Jo. Quero saber o que está acontecendo – ele fala, baixo e sério, e eu me sinto quebrando em mil pedaços.

– Uma das vagabundas com quem você sai mandou mensagens para você – falo, e um soluço escapa.

– Mensagens? – Ele parece confuso.

– Sim, mensagens. Você deveria ter ido encontrá-la, Zach, e não ter perdido tempo aqui. Na verdade, se você correr, consegue pegá-la ainda "pronta pra você". – Não consigo segurar minha decepção.

– Jo, princesa, não estou saindo com ninguém – ele me empurra contra a parede, me prendendo em seus braços.

– Tudo bem, Zach. Nós não temos nenhum compromisso. Você não me deve nada.

– Que merda é essa?! Quem colocou isso na sua cabeça? – ele grita e me assusta. Eu nunca o vi assim, perdendo o controle desse jeito. – Você é minha. E eu sou seu. – Ele me beija.

Eu me deixo levar pelo beijo, mas a imagem daquela mulher se tocando vem à minha cabeça e eu não consigo segurar as lágrimas. Ele sente meu rosto molhado e se afasta um pouco.

– Princesa... – ele fala, e o olhar de tristeza que vejo nele me deixa ainda mais quebrada. – Me desculpe. Eu não sei o que você viu, mas eu não estou com ninguém. Só com você. É você quem eu quero. – Eu o empurro de leve e ele me solta, se afastando um pouco.

– Resolva suas pendências, Zach. Eu vou dormir lá embaixo. – Eu pego meu travesseiro e um lençol para colocar no sofá. Sigo para o banheiro, tranco a porta e aproveito a solidão para deixar as lágrimas correrem livremente. Eu não sabia o que fazer. Estava viciada nele e sabia que estava perdida. Porque uma hora teria que deixá-lo ir. E, quando isso acontecesse, eu estaria acabada.

★

Depois de uma noite mal dormida no sofá, repleta de pesadelos, a claridade me desperta. Abro os olhos e levo um susto ao vê-lo sentado na cadeira da sala, todo torto, com os olhos fechados.

Eu sento e ele abre os olhos, assustado.

– O que você está fazendo aí, Zach? – pergunto, ainda sonolenta.

– Vendo você dormir.

– Eu desci para ficar sozinha – falo, levantando do sofá.

– Eu desci para ficar com você – ele responde, com um sorriso torto, mostrando as covinhas. –Você vai ficar sem falar comigo?

–Vou. Preciso me arrumar para o trabalho – falo, e ele abre um sorriso ainda maior. Está planejando alguma coisa, tenho certeza.

Vou até meu quarto, pego uma roupa e sigo para o banheiro. Preciso tomar um banho e me arrumar para trabalhar.

Normalmente, me arrumaria no quarto, mas estou tentando evitá-lo. Depois de secar meu cabelo e passar a maquiagem, saio do banheiro pensando em fazer um café forte, mas sou surpreendida pelo cheiro que envolve a casa.

Vou até a cozinha e Zach está colocando uma omelete no prato, com torradas, despejando um café com cheiro maravilhoso numa xícara. Ouço meu estômago roncar, esse traidor.

–Vem tomar café, princesa – ele fala baixo, sem olhar para mim, voltando-se para a pia para lavar a frigideira.

–Você não vai tomar? – pergunto, sem conseguir controlar a minha língua.

–Vou sim. Estou terminando a torrada. – Nesse momento suas torradas pulam, indicando que estão prontas.

Ele pega as torradas, uma xícara de café e senta ao meu lado na bancada, quase tão colado que consigo sentir sua temperatura.

Comemos em silêncio nossas torradas, e eu divido a omelete em duas e empurro metade para ele. Ele não fala nada, mas eu noto o ar de satisfação que ele tenta disfarçar. O que posso fazer? Sou uma garota que gosta de determinadas rotinas.

Acabamos de comer, levanto para escovar os dentes e calçar meus sapatos, enquanto ele se ocupa novamente da louça.

Olho-me no espelho e gosto do que vejo: camisa branca social, saia preta de couro justa, pouco acima do joelho, e um *peep toe* vermelho superalto. Escolho um brinco de ônix e estou pronta.

Pego minha pasta, chaves, documento do carro e desço as escadas para ir ao trabalho. Zach está terminando de guardar as coisas do café da manhã na geladeira.

– Zach, estou indo para o trabalho. Quando sair, não deixe de trancar a porta. – Encaminho-me para a saída, orgulhosa de mim mesma por não ter cedido ao impulso de dar um beijo de despedida.

Deveria ter imaginado que não seria assim tão fácil. Em menos de dois segundos ele me cerca na porta.

– Você vai embora sem me dar um beijo, princesa? – ele pergunta, me prendendo contra a porta, cheirando meu pescoço. Como alguém pode ter tanta força de vontade assim? – Você está deliciosa nessa saia.

– Preciso ir, Zach – falo, puxando a última gota de autocontrole que tenho em mim. Que não é muito, já que acabo dando um beijo de leve em seu rosto, e ele abre um sorriso enorme. Eu já disse o quanto estou ferrada?

– Quer que eu te leve, linda? – pergunta, colocando meu cabelo atrás da minha orelha, exigindo que eu busque forças nem sei de onde.

– Não precisa. Você hoje vai para o bar, e eu vou precisar estar com o carro para vir para casa.

– Posso te buscar – ele oferece, e eu quase cedo.

– Não, Zach, tudo bem. Eu vou de carro. – Ele acena, concordando. – Preciso ir, antes que eu chegue atrasada.

– Ok, princesa. – Ele se afasta e, quando menos espero, me puxa de volta para um beijo de tirar o fôlego. Quando nos afastamos, ele sorri e diz:

– Bom dia, sim? Se você precisar de mim, ligue, ok? – Não consigo formar uma frase sequer, e apenas aceno e saio do apartamento em direção ao elevador.

Chegando ao carro, jogo minha pasta no banco de trás, sento no banco do motorista e viro a chave. *Nada.* Mais uma vez. *Nada, de novo.* Droga.

– Está tudo bem, Jo? – Levo um susto com Zach parado ao lado do carro.

– Não sei. O carro não quer pegar. Já estou em cima da hora. – Ele abre a porta do carro.

–Vem, vou levar você. – Ele pega na minha mão, ajudando-me a sair do carro e me conduzindo até o dele.

Dividir um carro com ele, depois de brigar, não seria fácil. Apesar da tentativa de trégua, eu ainda estava aborrecida, o que faz com que eu sinta que o espaço é ainda menor do que já é. Droga de carro esportivo.

Ao mesmo tempo em que eu quero descer logo para me livrar dessa tensão, não quero ficar sem resolver isso. Complicada, eu? Imagina! Mas prefiro brigar com ele a fazer amor com outro.

Sentada no pequeno carro, minha saia sobe e uma mão grande e quente repousa inesperadamente na minha coxa nua, interrompendo meus loucos pensamentos. Mas não é só uma mão. É uma reivindicação, uma forma quase primitiva de me marcar como dele. E sabe o que é pior? *Eu gostei.*

Ah, mas a grande questão não era essa. Não mesmo.

Veja, eu amo mãos. Tenho uma paixão enlouquecedora por mãos masculinas. Gosto principalmente de homens com mãos grandes, fortes, decididas. Sabe aquela mão poderosa que não tem receio de te segurar com força? Além disso, gosto de observar os seus contornos e, entre os dedos, eu considero o mindinho o menos sexy. Ele não costuma ser usado na cama, certo?

Bom, era aí que eu, e provavelmente você, nos enganávamos. Zach, esse belíssimo espécime masculino, poderia fazer qualquer coisa ser sexy. Juro.

Não acredita? Você verá.

Deixando a mão parada, ele começa a mover o dedo mindinho para a frente e para trás. Sim, só o mindinho. Esse dedo até então totalmente não sexy.

Indo para a frente, gera expectativa. Para trás me arrepia, pela proximidade de onde eu realmente queria que ele estivesse.

Tortura, seu nome é Zach.

Ele fica nesse vai e vem, e começo a me perguntar o que vem depois.

Fico arrepiada e sinto que terei um orgasmo. A pele entre minhas coxas é sensível, e a aspereza de suas mãos acende todas as minhas terminações nervosas.

Olho para ele, que tem uma expressão neutra, quase angelical. Quem vê de fora não imagina o que está fazendo comigo.

Como algo tão simples pode me deixar tão ligada? Eu já disse que estou ferrada? Aumente em mil por cento.

Não resisto e fecho os olhos, encostando no banco do carro, até que ele me chama:

– Princesa, está tudo bem?

– Claro, por que não estaria? – Noto um brilho em seus olhos, apesar de sua expressão séria.

– Você está fazendo uns sons estranhos. – Sim, ele está, definitivamente, se divertindo. Hum, acho que muito em breve nós vamos experimentar as maravilhas do sexo de reconciliação. – Já estamos na entrada do trabalho.

– Eh... certo. Obrigada pela carona. – Pego minha pasta para sair e ele sai do carro e dá a volta, abrindo a porta para mim. Eu saio e ele me segura pelo braço.

– Me liga avisando que horas você sai. Venho te buscar – ele fala e se inclina para um beijo totalmente enlouquecedor de despedida. Quando o beijo termina, ele pergunta já no modo mandão: – *Certo?*

– Ok. Eu ligo – respondo, e saio como se mil demônios estivessem me seguindo.

Se eu antes tinha dúvidas de que meu dia seria difícil, agora não tenho mais.

Capítulo oito

Entro no prédio precisando de um cappuccino duplo e uma injeção de ânimo. Preciso ligar para George e marcar um encontro com ele ainda hoje. Ele vai me fazer rir e me animar.

Saio do elevador e, logo de cara, na entrada do escritório, encontro a pessoa que mais detesto nesse mundo. Liam, o Horrível.

Ele me olha de cima a baixo como se fosse me comer na próxima refeição. *Argh.*

– Johanna – ele fala com desprezo. Ele é tão machista que não gosta de trabalhar com mulheres na mesma equipe.

– Liam – falo, sem parar, a caminho da minha sala.

– E então, Dra. Hollywood – ele usa o apelido irritante que me deu –, quem é a bola da vez? Algum roqueiro viciado para tirar do xadrez? Alguma atriz de quinta para segurar a mão?

– Liam? – Paro e me viro para ele. Ele se aproxima e eu faço sinal para ele se aproximar mais, e falo próximo a seu ouvido bem baixinho. – Vá à merda. E, se continuar me importunando, vou dar queixa contra você no conselho de ética por conduta preconceituosa e sexista. – Viro-me e volto a andar, deixando-o de boca aberta no meio do caminho. Até que ele grita:

– Você não vai ter como provar.

– Quem disse que eu não estou gravando? – pergunto e continuo andando.

Entro na minha sala e Livy está de pé, as mãos entrelaçadas, um ar romântico no rosto. Abre um sorriso enorme ao me ver entrar.

– Johanna, eu mal posso acreditar! – ela começa a falar, parecendo uma pequena metralhadora verbal. – Que beijo foi aquele? Você nem me contou que estava namorando. Eu sou sua assistente, deveria saber tudo sobre você, mas você não me conta. É ele, não é? O Thor?

– Que Thor? Está louca? – De onde ela tira essas coisas?

– Vai me dizer que nunca notou? Seu rapaz... – ela começa e eu a corto.

– Eu não tenho rapaz, Livy.

– Ok, seu namorado, peguete, ficante, ou seja lá como você o chama, é a cara do Thor, do filme. Aquele do martelo.

Fico parada olhando para ela, que parece corada e alegre com a constatação de que estou dormindo com um sósia de Chris Hemsworth. Eu mereço.

Sacudo a cabeça e sigo para minha sala, ansiando pelo meu café, antes que eu tenha uma síncope.

– Você deveria estar alegre, Johanna. Não com essa cara de... mal... – Ela de repente corta o que estava falando e fica corada de novo. Detesto que não completem a linha de pensamento.

– Mal o quê, Livy?

– Comida – ela fala baixinho, e quase não consigo ouvi-la. – Você não pode estar assim com um homem daqueles.

– Livy, chega! Você não para de falar! – falo e imediatamente me arrependo. Seus olhos se enchem de lágrimas e percebo que fui longe demais. – Desculpa, por favor, por favor. – Levanto para abraçá-la. Estou arrasada por tê-la magoado.

– Eu é que peço desculpas. É que eu gosto tanto de você, e não tenho muitas amigas, e te considero como uma. Mas tenho que me colocar no meu lugar, porque você é minha chefe, não minha amiga. Desculpe, Johanna. – Ela se vira para sair, as lágrimas escorrendo, e eu a seguro pela mão.

– Não, querida. Você *é* minha amiga – falo, e sua resposta bate dentro da minha alma:

– Não sou não, Johanna. Você não divide nada comigo, eu não frequento os mesmos lugares que você, nem saímos juntas. Você nem mesmo permite que eu a chame de Jo, como os seus amigos de verdade fazem. Você tem uma barreira ao seu redor que não permite que ninguém ultrapasse. Eu é que estou errada em querer impor minha presença e minhas opiniões. – As palavras dela têm o mesmo efeito de um soco no estômago. Eu realmente evito deixar as pessoas se aproximarem, e me sinto culpada por estar fazendo isso com alguém tão doce como ela.

– Livy, me desculpe. Tive uma noite horrível. Não é desculpa, mas estou tendo um dia muito ruim. Eu briguei com ele de madrugada. Cheguei e ainda encontrei o Liam...

– O Horrível! Coitadinha! Não é à toa que você esteja assim. Pobrezinha! – ela fala e me abraça.

Livy é uma menina tão doce e inocente. Eu me sinto realmente culpada por não permitir que ela se aproxime de mim. E ela parece solitária também.

– Obrigada. E, por favor, me chame de Jo – digo, e ela me olha de boca aberta.

– Tem certeza? Porque eu posso... – ela tenta se explicar, mas eu insisto.

– Eu faço questão. E nós vamos ter uma noite de meninas. Eu, você e o George. A Julie não deve ir, porque está grávida e não tem mais saído à noite.

– George? O seu George? Jura? – George é tão famoso entre as pessoas que eu conheço que todas querem ser amigas dele. Não é à toa! Ele é tão incrível!

– Eu o empresto, mas não pode roubá-lo de mim – brinco, e ela bate palmas enquanto dá pulinhos, parecendo exatamente algo que George faria.

★

Às seis da tarde, saio do escritório, e Livy levanta os olhos e sorri para mim.

– Está saindo? – ela pergunta, e eu respondo acenando com a cabeça.

– Sim. E você também.

– Eu? – Ela parece surpresa.

– Sim, vamos nos encontrar com George na Starbucks. Anda, pegue a sua bolsa.

– Oh, Jo! Você estava falando a verdade quando disse que queria ser minha amiga! – Ela fica quase tão vermelha quanto seus cabelos.

– Claro que sim. Vamos. George detesta esperar.

★

Chegamos no café e George já está na fila. Ele vira, me vê entrar e começa a acenar. Ele é o melhor amigo de todo mundo. Se não fosse tão bem casado com Ben, eu o roubaria para mim.

– Docinho, você veio! – ele fala, me chamando pelo meu apelido de adolescência e me abraçando.

– George! Que saudade! – eu o aperto com força. Não o vejo desde o Natal. – Mas eu não sou mais a Docinho há muito tempo.

– Para mim continua sendo – ele fala e se vira para ver Livy. – E quem é essa beldade ruiva? – pergunta, e Livy abre um grande sorriso.

– Essa é Livy, minha assistente e amiga – eu falo e pisco para ela, recebendo um sorriso feliz em troca.

– Oh, Livy! Que cabelo maravilhoso. Vire-se. – George já faz a menina girar, para avaliá-la completamente, e a beija, recebendo um abraço apertado e carinhoso em troca. – Jo, precisamos transformá-la em uma tigresa. Uma ruiva meiga? Meu Deus, onde foi que eu errei? – Livy solta uma gargalhada, achando tudo muito engraçado. Mal sabe ela que George está falando sério. – Você tem namorado, florzinha?

– Não... – ela responde e cora. Olho para George e sinto que suas engrenagens estão a todo vapor.

– Jo, vamos arrumar um homem para ela.

– Oh, não, não precisa se incomodar – ela fala, parecendo ainda mais sem jeito.

– Como não? Linda desse jeito e sozinha?

– Os homens não gostam muito de mim – ela fala e abaixa a cabeça. – Eu não sou muito experiente. – Eu e George olhamos um para o outro e em seguida para ela, os dois de boca aberta, e perguntamos juntos.

– Virgem?

– *Shhhh.* Não precisam espalhar – ela reclama, olhando para os lados. – Não é todo mundo que tem a sorte de ter o Thor como namorado.

– Thor? – pergunta George com um sorriso enorme. – Isso está ficando cada vez mais interessante!

– Deixem de besteira. Eu não tenho namorado nenhum. – Sou salva pelo gongo. Nesse caso, pelo barista, que indica que é a nossa vez.

*

O assunto "namorado" fica esquecido e passamos a noite conversando, rindo e fazendo planos.

– Você sabe que na sexta a gente vai fazer o ultrassom, certo?

– Claro que sim! Estou tão animada! – respondo, pensando no quanto estamos todos animados para saber o sexo do bebê de Danny e Julie. – Você acha que vai ser um menino mesmo, George?

– Não, não. Vai ser uma menina. Para Danny pagar todos os seus pecados. Eu já comprei uma roupinha cor-de-rosa para a bebê. E espero que ela receba meu nome.

– Jura? Já comprou? Eu achei melhor esperar. Seu nome? – eu falo, rindo. Sinto meu celular vibrar dentro da bolsa, e enquanto George e Livy falam sobre roupinhas infantis, verifico minhas mensagens.

`Princesa, você não me ligou. Está em reunião? Eu vou te buscar.`

`Não precisa, Zach. Estou com George e Livy no café do shopping. Pego um táxi.`

`Eu disse que ia te buscar, princesa. Não quero você andando de táxi por aí.`

Lá estava ele no modo mandão de novo.

`Você não pode vir me buscar. Está louco? Quer que ele descubra?`

`Eu não vejo problema nenhum se ele descobrir, muito pelo contrário. Quem tem vergonha de falar sobre nós para nossos amigos não sou eu.`

A última mensagem dele tem o efeito de um tapa na cara. Apesar de não querer, eu tinha que dar razão a ele. Eu é que não queria que as pessoas soubessem.

– Jo? Docinho? Está tudo bem? Com quem você está falando? – George pergunta, notando que tem algo errado comigo.

– Tudo bem, George. Não é nada de mais. – Eu disfarço, e quando vou responder à mensagem, Livy solta a bomba.

– Ela deve estar falando com o Thor.

– Quem raios é Thor? – George pergunta, levantando a sobrancelha. Ferrou.

– Ning... – eu começo, ao mesmo tempo em que Livy começa a falar. George me faz parar com um aceno. Livy continua:

– É o namorado dela. Ele é a cara do Thor. Aquele do martelo! – ela fala com tanta inocência que eu não consigo ficar com raiva por sua intromissão.

– Eu não tenho namorado – eu resmungo, e George me ignora.

– Namorado, Livy? Jura? – ela balança a cabeça e eu já sei que estou perdida. – Eu sei quem é o Thor. E se o Thor da Jo for o mesmo que eu estou pensando, imagino bem o martelo que tem...

– George! – grito, constrangida com seu comentário.

– Johanna! – Ele fala meu nome todo e eu sei que estou com problemas. – Eu é quem deveria estar aborrecido aqui.

A Srta. está fazendo uso do martelo do Thor Zach Gostoso e não me contou. – A rainha do drama ataca outra vez.

– Vocês querem, por favor, parar com isso? Eu já disse que não estou namorando ninguém.

– A-ham, sei. – Ele segura a minha mão e meus olhos se enchem de lágrimas quando ele fala. – Docinho, você não quer contar agora, tudo bem, eu entendo. Vou respeitar o seu direito de curtir o martelo dele secretamente, por enquanto.

– George, isso foi ainda pior. – Balanço minha cabeça. Constrangimento: nível mil.

– Não esquece que eu sou seu amigo, e estou aqui para você, ok?

– Eu também – responde Livy, com um sorriso gigante. Quero matá-los.

Nesse momento, meu telefone vibra novamente, com outra mensagem.

> São 20h00. Às 21h30 vou sair daqui para buscá-la.
>
> Eu disse que eu vou de táxi.
>
> Eu disse que eu vou te buscar. Esteja pronta.
>
> Ok.

Ele é irritantemente mandão. E eu não consigo contrariá-lo.

Zach

– Cara, está tudo bem? – Rafe pergunta ao me ver inquieto. Ele, assim como Danny, é um grande amigo; eles me conhecem bem demais.

– Estou com uns problemas – falo, sem entrar em detalhes, e Rafe vai direto ao ponto.

– Com uma certa advogada? – ele pergunta e ri. – Pode falar, Zach. Eu sei que vocês dois estão envolvidos de alguma forma.

– Você não imagina o quanto... – Eu queria ter a chance de conversar com alguém sobre isso. São três anos guardando tudo isso para mim, e ela me escondendo como se eu fosse seu segredinho sujo. Estou cansado.

– Cara, você sabe que pode falar comigo. O que for dito aqui, morre aqui – Rafe fala, e eu não consigo segurar.

Conto tudo. O momento que nos encontramos sozinhos pela primeira vez, na festa do Fred. A noite maravilhosa que passamos juntos. As idas e vindas. O quanto ela me desestabilizava, e o quanto eu a queria. Acho que eu nunca abri meu coração dessa forma para alguém.

Rafe está parado, me olhando, enquanto conto tudo e, quando finalmente termino, ele fala calmamente.

– Como você conseguiu esconder de Danny que está apaixonado pela irmã dele? – *Apaixonado?* O comentário de Rafe me tira o chão. Jo é linda, me deixa louco a maior parte do tempo, mas nunca falamos em amor e nunca pensei que pudéssemos estar "apaixonados".

– Rafe... – começo, mas ele me corta.

– Zach, vocês dois são meus melhores amigos e quero o melhor para vocês. Eu nunca vi você ficar tão ligado a uma pessoa por tanto tempo como você está com ela. – Ele senta ao meu lado e continua: – Eu entendo a questão do desejo e tudo mais, mas responda com sinceridade. Se amanhã ela decidir colocar um ponto final, você vai aceitar e seguir em frente?

O pensamento de Jo não querer mais ficar comigo faz com que eu me sinta doente.

– Não, não vou – eu falo e abaixo a cabeça. – Mas eu não sei mais o que fazer, Rafe. Estou cansado de me esconder. Estou cansado de ir aos lugares e não poder levá-la comigo. Cansado de ter que fazer de conta que ela é a irmãzinha do meu melhor amigo, quando tudo que eu quero é mostrar ao mundo que ela é a minha mulher.

– Vamos precisar de um plano de ação – Rafe fala, e eu consigo vê-lo criar estratégias mentais para me ajudar a resolver. – Você sabe que Daniel vai surtar no início, certo?

– Quando ele souber que estou com ela porque realmente gosto dela, ele vai aceitar.

– Quando você se convencer que a ama, ele vai aceitar.

– Jesus, Rafe. Amor? – *Será que eu a amo?*

– Amor, meu amigo. Você virou uma garotinha chorosa porque está com medo de perdê-la – ele fala, e dá uma gargalhada. – Vamos encontrar uma forma de convencê-lo.

★

Eram quase dez da noite quando chego para buscá-la no estacionamento do shopping.

– Princesa – eu falo, abrindo um sorriso, mas ela não parece feliz em me ver. Merda. – O que houve?

– Nada – ela fala, e eu sei que nesse "nada" tem tudo.

– Vou perguntar de novo. Outra chance: o que houve?

– Estou cansada, Zach. Tive um dia difícil, muito trabalho, uma assistente empolgada porque estou teoricamente me relacionando com o sósia do Thor, e um amigo abelhudo que quer descobrir o que está acontecendo na minha vida privada. Aí, para fechar com chave de ouro, meu *fuck friend** se acha no direito de querer impor o que eu tenho que fazer. – No momento que ela fala *fuck friend*, sinto como se tivesse levado um soco na cara. Achei que eu era qualquer coisa para ela, menos somente o cara com quem ela fodia.

Não falo nada, apenas a espero colocar o cinto de segurança e, contrariando meus planos de fazê-la passar a noite em minha casa, levo-a direto para a dela. Fazemos o percurso em silêncio, ela olhando pela janela, e ocasionalmente olhando para mim, mas me mantenho focado no trânsito.

Quando chegamos ao seu prédio, eu paro na porta e ela estranha.

– Não vai entrar na garagem?

– Não.

– Vai voltar para o bar? – A voz desconfiada me deixa ainda mais aborrecido.

– Não, vou para casa.

– Não vai dormir aqui? – Levando em consideração que dormimos juntos todos os dias, não era de se estranhar que ela estivesse surpresa.

– Não.

– Por quê? – ela pergunta baixinho, e preciso de todo o meu autocontrole para não mudar de ideia.

– Porque, levando em conta que sou seu *fuck friend* e que hoje não estou com clima para foder, acho melhor dormir na minha própria cama – falo, e acho que, pela primeira vez desde

* Amigo de transa.

que entrou no carro, ela se dá conta do que falou. Seus olhos se arregalam e ela baixa o olhar, parecendo envergonhada.

– Zach... – ela começa, mas eu a corto.

– Jo, desce. Quero ir para casa, antes que eu fale alguma coisa de que me arrependa. – Ela concorda e sai do carro, parecendo... atordoada. Não mais do que eu estou.

Arranco com o carro e dirijo por um tempo sem rumo, apenas pensando na vida. Era inacreditável que, depois de me dar conta de que estou apaixonado por ela, eu sofresse uma decepção como essa.

Rodo durante um bom tempo, indo até Santa Monica ver o mar e, quando volto para casa, já passa da meia-noite.

Entro na casa, que parece vazia demais para mim. Tiro a camiseta e o tênis e jogo na sala, sem vontade de arrumar nada, e vou tomar um banho. Deixo a água cair em cima de mim como se ela pudesse lavar a decepção que eu estava sentindo. Como eu podia ter me enganado tanto, achando que tinha a mesma importância para Jo que ela tinha para mim?

Saio do chuveiro, visto uma cueca boxer branca e seco rapidamente meu cabelo. Eu preciso cortá-lo, nunca usei o cabelo tão grande assim. Sigo até a sala e me sirvo de um uísque, pensando que Jo vivia dizendo que gostava de segurá-lo quando estávamos fazendo amor. Ou melhor, quando estávamos fodendo, já que eu era o seu *fuck friend*.

A lembrança de suas palavras me deixa irado, e eu jogo o copo contra a parede, quebrando-o em mil pedaços. Decido ir dormir antes que quebre o resto da casa.

⋆

Acordo assustado. Olho para o relógio: duas da manhã. Minha cabeça dói e, quando vou levantar para tomar um analgésico, levo um susto. Sentada, completamente torta na poltrona do meu quarto, está Jo, dormindo enrolada como uma bola.

O que ela está fazendo ali, dormindo mal acomodada na poltrona e vestida com a minha camisa novamente? É um mistério para mim, mas não posso evitar de sentir meu coração se aquecer.

Levanto e vou até ela. Pego-a no colo devagar e a coloco na cama. Vou até a cozinha, tomo um analgésico e volto para cama.

Instintivamente, seu corpo se aconchega ao meu, e ela passa um braço ao meu redor. Eu não consigo me segurar, e a puxo para ainda mais perto de mim, abraçando-a e aspirando o perfume doce dos seus cabelos.

Ela parece tão jovem e tão inocente assim, dormindo sem maquiagem. Apenas a beleza natural dando suavidade à minha menina. Fecho os olhos e, finalmente, consigo dormir um sono tranquilo.

★

Os primeiros raios de sol me acordam e, ao abrir os olhos, noto que continuamos exatamente na mesma posição em que dormimos. Eu precisava acabar com esse vício de só conseguir dormir com ela, porque quando terminássemos o relacionamento eu teria problemas para me acostumar a ficar só. O pensamento de não dormir mais junto dela me dá um aperto no coração e eu não consigo conter um gemido.

Nesse momento, Jo se mexe na cama, chegando para ainda mais perto e descendo a mão pela lateral do meu corpo.

Eu fico parado, esperando o que ela vai fazer e, quando sua mão pequena chega até o meu pau, minha respiração se acelera e o tesão que eu estava segurando volta com força total.

Tudo em que consigo pensar é virá-la no colchão, arrancar nossas roupas e entrar naquele corpo quente e apertado que ela tem. Sua mão continua explorando meu pau e eu consigo detectar o momento exato em que ela acorda, porque sua respiração fica ofegante quando ela se dá conta do que está fazendo.

Ela para de repente, como se estivesse decidindo se isso era o certo a fazer ou não, mas já não estou mais pensando em nada quando falo.

– Não para não, princesa.

– Zach... – ela fala, arfando.

– Bom dia. – Eu beijo o alto da sua cabeça e puxo a minha cueca para baixo, liberando meu pau para que ela possa explorá-lo melhor.

– Zach... – ela geme meu nome quando eu a puxo para cima de mim. Passo as mãos pelo seu corpo, pensando em rasgar a calcinha, quando sou surpreendido pela falta dela.

– Puta merda, Jo. Você está sem calcinha?

– *A-ham* – ela geme descendo sobre meu pau devagar, provocando uma deliciosa tortura.

Nós dois gememos quando eu entro nela totalmente e um pensamento vem à minha mente.

– Princesa?

– Oi? – ela fala enquanto começa a subir e descer muito devagar.

– Como você chegou aqui? – pergunto, desconfiado, já que desconectei alguns fios do motor daquela lata velha que ela chama de carro, ontem de madrugada, para que ela não saísse sozinha.

– Peguei um táxi – ela fala, aumentando a velocidade. Estou arrepiado da cabeça aos pés, mais alguns poucos movimentos e não vou ser capaz de me segurar.

– Táxi? E onde... – Oh, Deus. Que mulher gostosa. – Onde... estão... suas... roupas? – eu seguro seu quadril com força e ela geme alto.

– Estou vestida... com elas – ela fala e começa a gozar.

– Puta merda, Jo. Você veio de táxi vestida assim? – A confissão dela é o último empurrão que faltava para que meu tesão chegasse ao limite, e eu gozo junto com ela. Nós dois gememos alto e ela cai sobre o meu peito. Ofegante, suada, *minha*.

– Eu não conseguia... – ela começa, sem fôlego. – Dormir... Você não estava... – Pausa para puxar mais ar: – Eu só peguei a bolsa e saí. – Mais pausa. – Peguei um táxi que estava passando e vim.

– Deus, Jo. Você quer me matar? – eu pergunto, enlouquecido de tesão por essa mulher. Eu mal gozei e já a quero de novo. Até que um pensamento me vem à mente: – Princesa, cadê a sua calcinha?

– Eu não uso calcinha para dormir, esqueceu? – ela fala, com um sorriso safado no rosto, e eu a viro na cama, deitando em cima dela.

– Vou ser obrigado a te ensinar uma lição – falo, arrancando a camisa dela e recomeçando a fazer amor.

Capítulo nove

Jo

A sexta-feira chega depois de dois dias de uma quase lua de mel, com muito sexo e carinho.

Estávamos muito animados para o ultrassom da Julie. É o primeiro bebê da família, então ninguém quer perder o acontecimento, apesar de sabermos que só Danny poderá assistir ao exame.

Aviso Livy que vou sair mais cedo para ir direto para a clínica, e combinamos de nos encontrar à noite, no After Dark, para comemorar.

Chego à clínica ao mesmo tempo que George, que está emocionadíssimo. É incrível como acompanhar o exame faz com que tenhamos ainda mais nítida a consciência de que o bebê é real.

George me beija e entramos juntos, conversando sobre o nosso programa da noite. Meus pais já estão lá aguardando, ao lado de Rafe e Zach.

Abraço minha mãe, que não para de chorar. Ela me beija, sem perder a chance de me dar uma alfinetada.

– Estou tão feliz, Jo. Fico imaginando quando for o seu bebê – ela fala olhando para mim e em seguida para Zach. *Oh, Deus.*

– Mãe, foca no bebê do Daniel, ok? – Ela ri e volta a sentar ao lado do meu pai.

Beijo meu pai e vou cumprimentar Rafe com um abraço e Zach, que aproveita para me abraçar também e falar em meu ouvido: – Imagina um bebê nosso? – Quase engasgo com o comentário e ele ri. O mundo está virando de cabeça para baixo.

Afasto-me dele e sento ao lado de George, que solta a seguinte pérola: – Sabe, Zach, a assistente da Jo acha você a cara do Thor. Sabe, aquele do martelo? – Começo a tossir e sinto meu rosto ficar vermelho. George bate em minhas costas.

Minha mãe pega um copo d'água para mim e Zach responde:

– Deve ser por causa do cabelo. – E sorri olhando para mim. Merda. Ele está pensando no comentário que eu fiz, num momento de fraqueza, sobre gostar de puxar seu cabelo, quando a gente, eh... você sabe.

Nesse momento, Julie e Daniel entram na sala de espera junto com Jenny e a pequena Maggie, tirando o foco da conversa de cima de mim. Rafe imediatamente vai até elas, tirando a garotinha fofa do chão, fazendo brincadeiras e barulhos para ela rir.

Fico chocada com o tamanho da barriga da minha amiga. Não tem duas semanas que a gente se encontrou e o bebê parece ter crescido muito, está enorme.

Mas, ao contrário do que eu visualizava quando pensava numa mulher grávida, ela não está inchada, mas resplandecente, linda e feliz.

– Amiga! – Eu sou a primeira a levantar e abraçá-la. Faço um carinho em sua barriga e não consigo segurar a curiosidade. – Ju, tem certeza de que tem só um bebê aí? Sua barriga está enorme!

Ela ri e balança a cabeça:

– Tenho sim. Fizemos um ultrassom há pouco tempo, para saber se estava tudo bem. Acho que estou comendo muita besteira – ela fala rindo, mas Danny discorda.

– Ela não engordou quase nada. Só a barriga que cresceu – nós olhamos de um para o outro, achando tudo aquilo muito estranho. Daniel está irritante com aquele ar arrogante de quem sabe tudo, e eu decido que é hora de provocar meu irmãozinho. Quanto tempo será que ele aguenta?

– Danny, você já leu os livros? Eu já. Pense na guinada espetacular do destino se você tivesse duas meninas? Melhor ainda, três! Pelo que eu li, nessa barriga da Julie cabem fácil três menininhas. – Ele começa a ficar vermelho, os olhos vidrados, estou quase lá! – Oh... e quando começarem a namorar? Estou imaginando se elas conhecerem meninos como você era quando adolescente... Ah! Vai ser tão bom. Vou ensiná-las a se maquiar, se vestir...

Ele sai correndo em direção à recepcionista, quase derrubando a cadeira. U-hu! Alvo atingido.

Consigo escutá-lo murmurar algo sobre quantas armas ele precisará ter, ou se uma cerca elétrica é melhor.

– Tadinho, Jo – Jenny fala, enquanto Julie chora de tanto rir.

Olho para os meninos e não me contenho:

– Não se preocupem. Farei o mesmo com as de vocês – Rafe me olha assustado com Maggie no colo. Zach abre um sorriso de orelha a orelha. Droga. Eu e minha boca grande.

Nesse momento, o médico chama Julie e ela entra no consultório com Danny. Nós ficamos ansiosos na sala de espera.

O tempo vai passando e nada dos dois saírem. De repente, outro médico passa correndo e entra na sala. Automaticamente, todos ficamos nervosos, e Zach vai até a recepcionista para tentar descobrir o que está acontecendo.

– Desculpe-me, você poderia verificar o que está acontecendo? A paciente passou mal? – ele pergunta e a recepcionista, vendo o desespero da família, pede a ele para aguardar que ela irá verificar.

Alguns minutos depois, ela volta com um sorriso no rosto e diz para Zach:

– Ela está bem, senhor. O papai é que precisou de cuidados. Muita emoção – ela fala rindo, e nós respiramos um pouco mais aliviados.

Continuamos aguardando. Zach encostado, olhando pela janela enquanto bate com os dedos no parapeito, Rafe sacudindo as pernas na cadeira, meu pai segurando a mão da minha mãe que está com um terço, rezando, Jenny balançando Maggie, que está quase dormindo, e George andando para lá e para cá pela sala.

De repente, a porta se abre e Julie sai de dentro da sala com um enorme sorriso, amparada por Danny, que está pálido e abatido. Na verdade, acho que ele é quem está sendo amparado pela Julie.

– E então? – Zach pergunta, indo até os dois e olhando com atenção para Danny. – Cara, o que houve com você? Você está horrível.

– Ele levou um pequeno susto, Zach. Mas está bem – Julie fala, e Danny geme.

– Garotinha, e aí? É menino ou menina? Não mate a gente do coração! – George diz, e todos nós ficamos de pé, aguardando com expectativa.

– Menina – Julie fala sorrindo.

– Eu sabia! – George exclama, dando saltinhos e batendo palmas.

– Duas – Julie completa rindo, e todos nós ficamos em silêncio. Chocados demais para falar qualquer coisa. Até que Daniel desmaia novamente.

– É, Jo – Jenny fala para mim rindo –, parece que seus dons premonitórios estão em pleno funcionamento!

Capítulo dez

Depois de passar em casa para trocar a roupa de trabalho por um vestidinho curto vermelho e um saltão, vou direto para o After Dark encontrar George, Livy e Jenny, que deixou a pequena Maggie com meus pais, já treinando para serem bons avós.

Chego na entrada, como sempre lotada, e passo direto pela fila, indo cumprimentar Will, o segurança de plantão. Ele beija a minha mão e me deixa entrar.

A música está animada, as pessoas dançando ao som de "I Gotta Feeling" do The Black Eyed Peas, e eu sigo pelo salão procurando meus amigos.

Obviamente, não consigo deixar de olhar ao redor, procurando o meu Sr. Delícia, que está trabalhando hoje.

Tenho notado que Zach tem trabalhado cada vez menos à noite, passando mais tempo comigo do que no bar.

Vejo Jenny, que está linda de blusa verde e saia preta, sentada no balcão do bar, conversando com um rapaz. Rafe está por perto e parece incomodado. Que estranho. Eles não pareciam ter qualquer outro envolvimento a não ser o de vizinhos – ele alugou a antiga casa de Julie, e ela alugou a de Danny. Nem muito amigos eles são... Será que estou imaginando coisas?

Mais à frente estão Livy e George, conversando. George com certeza arrumou Livy para sair, porque ela nem parece a mesma pessoa.

Está com um vestido branco, curto, com um detalhe drapeado na cintura e decote quadrado. Os cabelos vermelhos estão muito lisos, a maquiagem leve e os acessórios prata, inclusive a sandália. Ela é uma combinação de pureza e sedução. É impossível não olhar para ela, tão linda e exótica, no meio de tantas pessoas que parecem iguais.

George me vê e acena sem parar de falar com Livy, e eu fico feliz em ver que meu amigo se deu bem com a minha assistente. Eu realmente gosto dela, é uma boa menina e merece ter pessoas que gostem dela ao redor.

Aproximo-me dos dois e digo "oi", sem deixar de procurar Zach com os olhos.

– Ele não está por aqui, Docinho – George fala, e eu fico confusa.

– Quem? Do que você está falando?

– Como quem? Thor Zach Gostoso, o dono do martelo... – Eu corto George antes que ele termine aquela história ridícula:

– Eu já entendi. Pare com isso. Parece até a vez que você pegou no pé da Julie por causa das lambidas do Alan – eu reclamo, e ele começa a rir.

Livy olha de mim para ele, sem entender, até que a curiosidade vence e ela pergunta. – Quem é Alan?

– Florzinha, esse é um aviso que eu vou te dar, que você precisa guardar na cabeça e no coração. No momento em que você encontrar com Alan, não o encare, não se aproxime, não fale com ele. Nem mesmo respire o mesmo ar. Fuja para as colinas, sem olhar para trás.

– Nossa, George. Mas por que tudo isso? Ele é tão ruim assim? – ela pergunta, inocente. Tolinha.

– Esse é o grande problema, meu pequeno gafanhoto. – George suspira e continua. – Ele é bom demais. Mas ele come mocinhas virgens e inocentes, como você, no café da manhã. Portanto, esqueça-o.

Como se tivesse ouvido falarem seu nome, eis que Alan e a The Band surgem no palco e ele cumprimenta o público. De calça preta de couro, camiseta branca justa, seus braços tatuados à mostra, Alan é a personificação da fantasia que toda garota tem do *bad boy*, roqueiro, tatuado e gostoso. Ele era tudo isso em um só. Era o tipo certo de cara errado que todas nós já encontramos pelo menos uma vez na vida.

Ele cumprimenta a plateia com seu jeito sedutor e começa cantando uma versão no violão para "I'm Into You" de Jennifer Lopez. Ele é tão sexy que todos os olhos se voltam para o palco.

Olho para o lado e Livy está olhando para o palco, de boca aberta, como se estivesse hipnotizada, esquecida de tudo ao seu redor. Olho para ele e o que vejo me deixa preocupada: Alan está cantando e encarando-a, como se não houvesse mais ninguém no bar.

– George! – Droga, ele está tão enfeitiçado quanto Livy. – George! – Eu o belisco, e ele finalmente me dá atenção.

– Ai, Jo. Por que você fez isso comigo?

– Porque nossa Chapeuzinho Vermelho está de quatro pelo Lobo Mau.

– OH MY GOD! Não! Não! Não! – ele fala, puxando Livy pelo braço, em direção ao fundo do salão.

– George? O que houve? Por que você fez isso? Eu estava assistindo... – Tadinha. Ela está tão confusa que eu fico com pena.

– Lembra o que eu disse? Fuja! Corra, Forrest! Corra! – Eu não consigo segurar a risada com a alusão a Forrest Gump, mas ele olha feio para mim.

Olho ao redor do bar e o que vejo me deixa irada. Zach está parado, num canto próximo ao banheiro, e uma vadia morena está falando com ele. O vestido dela é tão curto e tão decotado que tenho certeza de que, se ele quisesse ver seu útero, ele conseguiria, sem nem mesmo precisar tirar a roupa.

Ela joga o cabelo preto de um lado para o outro e sinto vontade de ir torcer seu pescoço. Ciumenta, eu? Imagina!

A música muda para algo mais animado e ela começa a dançar, parecendo uma dessas dançarinas exóticas, na frente dele. O vestido prateado sobe um pouco mais e ela continua rebolando. Ele fala alguma coisa, parecendo irritado e ela abre um sorriso. Não sei se sinto mais raiva dele ou dela. Ou dos dois.

Inesperadamente, sinto uma mão segurar minha cintura.

– Oi, linda. Tudo bem? Está curtindo a balada? – uma voz grave fala em meu ouvido. Um rapaz alto, parecendo um estudante universitário, bem mais novo que eu, sorri para mim. Ele não é lindo como Zach, mas também não é feio.

– Sim, meu irmão é um dos donos – respondo. Sou terrível para fugir das paqueras da noite. Tenho pavor de ser grosseira com alguém, o que acaba sendo um problema, porque o cara sempre acha que estou dando mole.

– Uau. Que legal, hein? – ele fala, com aquela empolgação típica dos rapazes. Estou me sentindo uma tia velha. Droga. – Eu sou Brandon, e você?

– Johanna.

– Que nome lindo, Johanna. Como você. – Para fechar com chave de ouro o festival de cantadas clichês, Brandon beija minha mão. Se eu não estivesse vendo a malícia em seus olhos, poderia dizer que tinha sido um beijo casto. Como esse garotinho conseguiu insinuar tanto, só com isso, está além da minha imaginação.

Não preciso olhar na direção de Zach para sentir que sua atenção está em mim e que ele está tenso. A irritação irradia pelo ar em minha direção.

Percebo ciúmes também? Agora isso está ficando bom, Sr. Eu-não-estava-flertando-com-a-morena-vadia.

Em menos de dois minutos, Zach se livra da cachorra e aparece do meu lado, pegando-me pelo cotovelo. Ignorando o garoto, me leva com uma calma fingida em direção ao escritório, enquanto George e Livy nos olham de boca aberta.

No caminho, já um pouco longe do barulho, ele me pergunta:

– O que você pensa que está fazendo?

Que gracinha, bancando o desentendido? Ah! Dois podem jogar o mesmo jogo.

– Não tenho a mínima ideia do que você está falando. – Bato meus cílios para ele.

Em segundos ele me pega pela cintura com uma mão. A outra está em meu cabelo, mantendo minha cabeça onde ele quer, mas sem machucar.

– Princesa, o que eu faço com você, hein?

Molho meus lábios e falo com ar inocente:

– Eu tenho algumas ideias em mente. – E dou meu melhor sorriso de gato de Cheshire.*

Meu último pensamento, antes de sua boca encontrar a minha: *Qual parede do escritório dele nós ainda não inauguramos?*

---

* Personagem de *Alice no País das Maravilhas*, de Lewis Carroll.

– Vem, quero ouvir algumas dessas suas ideias – ele fala, me puxando para dentro do escritório. Quando ele acende a luz, levo um susto de morte.

A vagabunda que estava falando com ele está deitada em cima da mesa, completamente nua e com as pernas abertas. *Ecaaaa!!*

Ela está de olhos fechados, mão nos peitos de silicone, numa pose familiar. Quando ela se vira em direção à porta, solta com a voz melosa uma frase que eu jamais esqueceria depois de ter lido aquela mensagem de texto horrorosa:

– Zach, vem, gostoso.

Oh, meu Deus. Lolla.

Capítulo onze

– Gostoso, você trouxe uma amiguinha para brincar com a gente? – Lolla, a vadia, pergunta a Zach, deixando-nos sem ação, boquiabertos. – Ela é um pouco magrinha para o meu gosto, mas se você gostou... – ela fala apontando para mim, e eu não enxergo mais nada a não ser vermelho.

Não sei como, consigo me soltar do aperto de Zach e voo em cima da cadela morena, puxando-a pelos cabelos e tirando-a de cima da mesa:

– Fora daqui. Anda.

– Ai, você está me machucan... – ela começa a gritar e eu a interrompo puxando ainda mais seus cabelos de aplique.

– Se você não sair daqui agora, eu vou te machucar ainda mais. Fora!

– Jo, princesa, ela está sem roupa... – Zach tenta me conter, mas, sem saber de onde tirei tanta força, eu o empurro da minha frente, abro a porta e a jogo para o lado de fora, ficando com umas mechas de cabelo na mão. Volto para dentro do escritório, pego sua roupa de cima do sofá e jogo nela, que está sentada no chão, de boca aberta, como se não estivesse acreditando no que acontecia.

Seria engraçado se eu não estivesse tão enfurecida.

– Escuta bem o que eu vou te dizer, sua cachorra – começo, apontando o dedo para ela. – Se você aparecer aqui mais uma vez, vou te dar uma surra. Se você mandar mensagem, ligar, fizer sinal de fumaça ou sequer cruzar com Zach na rua e não atravessar para o outro lado, vou te arrebentar e você vai desejar não ter nascido, ouviu bem?

Ela sacode a cabeça rapidamente, concordando, coloca o vestido depressa e sai correndo, apavorada, antes que eu mude de ideia e resolva lhe dar a surra.

Quando ela sai, a adrenalina em meu corpo começa a se dissipar. Começo a tremer quando olho ao redor e entro em pânico. Uma pequena multidão do staff do After Dark se formou no corredor para ver o que estava acontecendo. Rafe e Jenny estão parados me olhando boquiabertos, assim como Livy, que está branca como um papel, sendo amparada por Alan.

Olho para dentro da sala e vejo Zach parecendo devastado e constrangido. Oh. Meu. Deus. O que eu fiz? Fiz um papelão na frente de nossos amigos e dos funcionários do bar. Expus nossa relação para todos. Era melhor ter mandado fazer uma faixa escrita: *Atenção! Eu e Zach estamos juntos!*

Sinto George segurar meus ombros:

– Jo, docinho, o que houve? – Meu corpo está tremendo, mas eu não vou me deixar abalar na frente de todos.

– Está tudo bem, George. Vou voltar para o bar – falo, tentando demonstrar que preciso de espaço. Viro em direção ao bar. Quando começo a andar para o salão, Zach me chama.

– Jo...

– Zach, agora não. – Dou a ele o que espero que seja o meu melhor olhar de "Não se aproxime".

Passo pelo balcão do bar e peço dois *shots* de tequila. Viro o primeiro de uma vez, que desce queimando. Levo o outro comigo para a pista de dança, para tentar descarregar toda a adrenalina que toma conta do meu corpo. Dançar sempre foi uma válvula de escape, e tenho certeza que iria me ajudar naquele momento. Eu já andava irritada porque estava dependente demais da presença dele. Nunca imaginei que um dia ficaria, realmente, tão submissa à atenção de alguém como estava com ele. Sempre tive o controle da minha vida, e permitir me envolver afetiva e sexualmente com um homem que eu sabia não ter um futuro ao meu lado não era bom. Isso estava tirando o meu sono.

A música alta me envolve e eu viro o segundo *shot*. Deposito o copo na bandeja de um garçom que está passando e fecho meus olhos, me entregando àquele momento, tentando tirar todas as minhas preocupações da cabeça: o trabalho, as periguetes, Zach e a nossa química sexual incrível. Deixo a música me tomar e me desligo de tudo, sentindo a raiva por ter sido colocada numa situação tão bizarra diminuir, até que percebo uma mão segurando a minha cintura. Assim que encostou, pensei que fosse Zach, mas, pelo toque, percebi que não era ele. Abro os olhos e vejo Brandon dançando atrás de mim, puxando-me para mais perto dele.

Quando abro a boca para dizer que não quero, sinto uma outra mão me puxar, e dessa vez sei que é ele. Zach. O homem que me fazia perder o rumo só com o olhar.

– Ela está acompanhada – ele diz para o rapaz que estava atrás de mim, e me leva para longe da pista de dança, sem dizer uma única palavra.

O olhar de posse dele me irrita, e eu mal espero estarmos num local mais afastado para começar a brigar.

– Eu estava dançando. Quem você pensa que é? Você não manda em mim, Zach! – grito com ele, irritada. Seus olhos ficam mais escuros e mais perigosos, mas ele não levanta a voz para mim quando fala.

– Eu não concordo, Jo. Não vou permitir que você fique se esfregando na pista de dança com qualquer pessoa que não seja eu.

– Você não manda em mim, Zach. Você pode andar com as vadias do bar penduradas em você, mas eu não posso dançar e me divertir? Eu sou dona de mim mesma. VOCÊ. NÃO. MANDA. EM. MIM – grito, sem me preocupar em estar fazendo uma cena, e o empurro, saindo pela porta em direção ao estacionamento. Ando depressa, procurando meu carro. Preciso ir embora antes que eu faça uma besteira.

Ouço passos atrás de mim, e, quando chego ao carro, um toque leve na minha mão me faz parar.

Zach está atrás de mim, o corpo colado no meu, segurando minha mão, quando fala bem baixinho no meu ouvido:

– Eu não quero nada com a Lolla. Nem com nenhuma mulher. Só com você, Jo. – Ele começa a levantar meu vestido e eu não consigo resistir. – Mais ninguém. Só com você.

Mal consigo respirar enquanto ele me toca. Eu me sinto fora de mim, a adrenalina correndo pelo meu corpo, e não consigo formar uma palavra. Ele chega ainda mais perto, colando o corpo no meu, beija meu pescoço e eu ouço o barulho do zíper abrir.

Eu sei, é uma loucura. Estamos no estacionamento, os dois irados, e ele vai transar comigo contra o carro, onde qualquer pessoa pode nos ver, mas não consigo esboçar qualquer reação que não seja me abrir para ele.

Assim somos nós: loucos, intensos, apaixonados. Não temos hora nem lugar.

Sinto seu corpo quente ainda mais próximo, suas mãos em minha cintura. Sua boca correndo pelo meu pescoço, que estava livre, já que meus cabelos estavam presos, subindo até a minha orelha. Antes de entrar em mim, ele sussurra:

– Por mais que você queira se negar a estar comigo, seu corpo e alma querem. Sabe por quê, princesa? – Eu balanço a cabeça em negativo, sentindo-o me preencher devagar, enquanto ele fala: – Porque você é minha.

Capítulo doze

Zach

Os primeiros raios de sol da manhã me acordam e eu me desenrosco do corpo macio de Jo. Levanto-me, antes que eu caia em tentação mais uma vez e acorde-a para fazer amor de novo.

Passamos a noite acordados, explorando o corpo um do outro, e só de pensar já sinto vontade de estar dentro dela. Mas eu sei que sexo não resolverá nossos problemas.

Nossa relação era incrível. Jo é a mulher mais maravilhosa que eu já conheci, mas nós precisávamos conversar sobre nosso relacionamento. Eu estava cansado de ser o segredo dela, e essa série de incidentes mal esclarecidos estava para explodir como uma bomba. As coisas aconteciam entre nós, os mal-entendidos apareciam, e a gente resolvia com sexo. Sexo fenomenal, enlouquecedor, único, mas só sexo. Eu quero mais que isso. Quero poder dizer o que sinto e o que penso.

Entro no chuveiro, lembrando da minha conversa com Rafe, ontem, antes do acontecido. Era o momento de colocar as cartas na mesa.

– Como estão as coisas, cara? – Rafe perguntou, parando ao meu lado. Sabia que "as coisas" significava Jo.

– Tudo na mesma, Rafe. Não sei o que fazer.

– Vocês precisam conversar, Zach. Essa história já tem tempo demais para continuar assim escondida. E na hora que Danny descobrir, ele não vai querer saber que foi ela que não quis contar.

– Eu sei, Rafe, mas eu... – Respirei fundo e falei baixo: – E se ela disser que prefere terminar a assumir?

– Aí ela não te merece, e é melhor que vocês terminem agora, antes que mais tempo passe. São três anos, Zach. Não três meses.

– Eu sei...

– Quantos anos mais você vai esperar? Você não está ficando mais novo com o passar do tempo.

– Eu sei...

– E quando você sentir vontade de ter uma família e ela não quiser porque ninguém pode saber? Vai se manter solteiro o resto da vida porque a mulher que você ama te esconde? – Rafe respirou fundo e continuou: – Sei que estou sendo duro, mas você é meu amigo. Não posso ficar calado vendo que essa situação tem tudo para terminar da pior forma possível.

Eu não posso deixar de concordar com ele. Rafe estava totalmente certo, como sempre. Além do mais, depois do escândalo de ontem, Jo jogando Lolla para fora da minha sala, nua na frente de todo mundo, seria impossível que Danny não descobrisse.

Saio do chuveiro, me seco e visto minha calça jeans. Vou descalço até a cozinha preparar o café da manhã. Cozinhar me ajuda a clarear as ideias e me acalma. Preciso estar com a cabeça fria para conversar com ela.

Faço o café e, quando começo a pegar os ingredientes para fazer uma omelete, ouço-a falar comigo.

– Zach? O que houve? Está tão cedo... – A voz dela tem o poder de me arrepiar dos pés à cabeça. Levanto o olhar e a vejo no primeiro degrau da escada que leva ao quarto, parecendo sonolenta, vestida com outra camisa minha. Tudo que eu quero é pegá-la no colo e levá-la de volta para a cama, mas nós precisamos conversar.

– Eu fiquei sem sono. Você já vai levantar?

– Tem café? – ela pergunta sorrindo.

– Tem, sim. – Eu despejo o café em uma caneca e entrego a ela, que vai se enrolar no sofá. – Jo, nós precisamos conversar.

– Você está aborrecido comigo porque eu coloquei aquela vadia para fora da sua sala? – ela pergunta baixinho, olhando para baixo, segurando a caneca com força.

– Não, princesa. Você agiu de forma instintiva e não te culpo. – Ela respira fundo, aliviada, e continuo. – Mas precisamos conversar sobre nós.

– Nós? – ela pergunta, parecendo assustada, e seus olhos verdes se arregalam. Agora que eu tenho sua total atenção, não posso mais voltar atrás.

– Jo, o que você sente por mim? – pergunto de forma incisiva. Já que eu tinha que colocá-la contra a parede, queria tudo.

– O que eu sinto? Como assim, Zach? Não quero conversar sobre isso agora. Vamos voltar pra cama. – Ela tenta ganhar tempo, mas não vai conseguir me enrolar.

– Não vamos voltar pra cama, Jo. A gente não conversa. Tudo a gente resolve na cama. Chega! Agora quero saber o que você sente. Você me ama? Você gosta de mim? Só sente tesão? – Agora que comecei, vou até o final. – Estamos juntos há três anos, Jo. Três malditos anos que sou seu segredinho sujo. Não quero mais isso.

– Você... você está terminando comigo? – ela pergunta, trêmula, e por mais que eu esteja arrasado em fazê-la sofrer, não posso voltar atrás. A nossa caixa de pandora se abriu, e não posso mais colocar nossos segredos de volta dentro dela.

– Não. Eu não estou terminando com você. Eu amo você. Como eu nunca amei ninguém. Mas eu não quero me esconder mais. Eu não quero ser o seu *fuck friend*, como você disse outro dia. Quero mais do que isso.

– O que você quer, Zach? Você quer que eu aja como sua namoradinha? É isso? – ela grita comigo. – Eu não posso ser namoradinha de um cara que... – Ela interrompe o que estava dizendo e baixa a cabeça, as lágrimas começando a cair.

– Um cara que o quê? Fala, Jo! – grito de volta para ela, sentindo medo, pela primeira vez, do que ela pode falar.

– Um cara que tem uma multidão de mulheres andando atrás dele. E eu seria só mais uma no meio de seu harém – ela grita, e eu sinto como se tivesse levado um soco.

– Um harém? Que merda é essa, Jo? Faz três anos que eu não saio com ninguém além de você. Eu durmo com você todas as noites. Quando não estou com você, estou trabalhando. Que horas você acha que eu teria tempo para comer alguém nesse intervalo? – Bato a minha caneca com força na bancada e ela se quebra em mil pedaços.

– Mentira! – ela grita de volta. – Se fosse assim você não estaria recebendo mensagens safadas de uma vadia chamada Lolla.

– Porra, Jo, eu saí com Lolla há quase três anos. Eu não tenho culpa se ela é uma lunática, que se expõe para qualquer um em seu celular. Saí com ela pouquíssimas vezes tentando esquecer você. Mas, antes mesmo da sua volta, eu me afastei dela. Nós tínhamos terminado, ou melhor, você me abandonou, arrumando emprego em outra cidade sem nem conversar comigo. Eu sempre fui fiel a você. Nas minhas ações e nos meus sentimentos. Já não posso dizer o mesmo de você.

– Eu *nunca* te traí.

– Não, você simplesmente está à espera do meu deslize. Do momento em que vou fazer algo para que você, finalmente, possa dizer "Está vendo? Eu sabia que ele ia fazer merda". Para mim chega. Ou nós assumimos tudo ou terminamos.

– Terminamos? – Ela soluça com as minhas palavras duras, e eu estou completamente quebrado.

– Sim. Você vai ter que decidir se você me ama como eu te amo, ou se eu sou apenas um cara com quem você transa e que não tem nenhum significado para você. Não vou mais me esconder, nem vou mais te esconder. Eu sou um homem, não um moleque de dezesseis anos. Essa história já foi longe demais.

– Mas Danny...

– Danny é um homem, Jo. Quase casado, vai ser pai de duas meninas. Se ele não conseguir aceitar que a porra da irmã cresceu e é a mulher do melhor amigo dele, vou ser obrigado a chutar o seu traseiro. – Respiro fundo e falo baixo e sério: – Agora está em suas mãos. Ou vamos assumir nossa história e dar o próximo passo, ou terminamos. – Vou até o quarto, visto minha camisa, pego meu tênis, carteira e chave do carro.

– Onde você está indo? – ela pergunta, chorando, e eu preciso me segurar para não ir até ela.

– Embora. Vou deixar você pensar na sua decisão. Eu te quero e te amo, Jo. Quero tudo com você. Mas eu mereço mais do que isso. Nós merecemos mais.

– Você acha que me ama... – ela fala aos prantos, e meu coração se aperta.

– Eu não acho que te amo, Jo. Tenho certeza do que sinto por você. Eu não sei o que mais posso fazer para provar que eu te amo, além de querer assumir uma relação de verdade. Não tenho medo do que sinto. É você quem precisa saber o que quer. – Saio batendo a porta, com o coração em pedaços. Sigo para a garagem e, antes de sair com o carro, pego o celular do bolso e faço uma ligação.

O telefone toca algumas vezes, até que ele atende com voz sonolenta.

– George? É Zach. Desculpe ligar tão cedo – falo, sem deixá-lo responder. –Você poderia vir até o loft? – Do outro lado da linha ele pergunta o que está acontecendo. – Nós brigamos, estou indo embora. Ela precisa tomar uma decisão, e acho que será melhor se tiver um amigo ao lado. – Ele concorda, dizendo que está a caminho. – Obrigado, George.

Eu desligo e saio rapidamente com o carro, sabendo que preciso conversar seriamente com outra pessoa.

Capítulo treze

Jo

Estou sentada no sofá, chorando em silêncio há uns quarenta minutos, quando ouço uma batida na porta. Corro para abrir, achando que é Zach, e me surpreendo com a presença de George e Livy, que está com a mesma roupa da noite anterior.

Deixo os dois entrarem e volto para o sofá. Meu corpo inteiro dói, e sinto como se um grande caminhão tivesse passado por cima de mim.

– Docinho, o que houve? – George pergunta, uma expressão preocupada no rosto, enquanto senta ao meu lado e me puxa para um abraço.

Durante alguns momentos eu não faço mais nada a não ser ficar abraçada a ele, chorando. Sou tomada pelo pranto e pelo medo de ficar sozinha. Eu havia perdido o homem que era tudo para mim, e não sabia como iria fazer dali para frente.

George me embala em seus braços, falando palavras de carinho, enquanto Livy está na cozinha remexendo em algo.

– George? – eu o chamo, quando consigo recuperar o mínimo da minha voz.

– Fale comigo, querida – ele se afasta um pouco de mim, para tentar entender o que estou dizendo.

– Acabou – eu falo num soluço. – Ele foi embora.

– Docinho, ele não foi embora. Ele te deu tempo para que você possa refletir sobre algo que eu ainda não sei o que é, porque você nunca me contou. – Dou mais um soluço e as lágrimas caem com força. – Não acredito que ele jogaria alguns meses de relacionamento... – George continua tentando me animar e eu o interrompo.

– Três anos – eu falo num fio de voz.

– Puta merda, Jo! Como vocês estão juntos há três anos e ninguém sabe de nada? – Livy senta ao nosso lado e segura a minha mão.

– Jo, acho que é a hora de você colocar para fora – ela fala, me entregando uma xícara de chocolate quente com marshmallow.

Eu respiro fundo e me preparo para contar tudo, sabendo o quanto vai ser difícil me manter firme para colocar para fora a nossa história.

– Nós nos encontramos há três anos. Na festa de Fred, um amigo de Johnny, meu colega de faculdade. – George acena, em reconhecimento. – Eu achei que iria para uma festa animada, beber, me divertir e voltar para casa sozinha. Mas Zach estava lá. Lindo, cheiroso e parecendo tão desconfortável, sem conhecer ninguém. Fui até ele e ele sorriu para mim, como se eu fosse a pessoa mais importante daquela sala. Ele me disse que marcou com um amigo, mas o amigo não foi, e ele não conhecia mais ninguém além de mim e o dono da casa.

– Eu me ofereci para fazer companhia a ele, já que eu também não conhecia ninguém. Era a primeira vez que passávamos algum tempo juntos, sozinhos, sem a presença de Danny ou de algum dos nossos amigos. Ele era tão divertido, falava coisas que me faziam rir. Eu me senti tão próxima a ele que, quando ele me chamou para dançar, não resisti. Já estávamos altos de tanta vodca e dançar juntos parecia uma boa ideia. Até que uma dança virou várias e, no final das contas, saímos da festa agarrados num beijo louco, sentindo um desejo que nunca senti por ninguém.

– Fomos para a casa dele e ficamos lá por três dias seguidos. Não saíamos para nada. Foram três dias de sexo quente, risadas, carinhos. Nós conversamos sobre o ciúme do meu irmão e eu pedi que não falasse nada pro Danny, com medo de que ele fosse me proibir de estar com ele.

George e Livy me olham com interesse, ouvindo minha história com toda atenção, sem me interromper. Prossigo, contando dos nossos momentos juntos, das noites sem dormir que passávamos transando, das vezes que ele cozinhava para mim e de como a gente vivia num mundo só nosso.

– Ficamos bem até o dia em que vi, pela primeira vez, uma das *groupies* do Alan apontar para ele. Eu entrei em pânico e resolvi fugir. – Livy torce o nariz quando falo das *groupies*. – Aceitei um estágio em San Francisco e fui embora.

– Por isso que você viajou tão depressa? – George pergunta, surpreso.

– Sim. Eu só pensava em fugir dele, porque eu tinha certeza de que ele iria me fazer sofrer.

– E como conseguiu aguentar quando foi embora? – a pergunta de Livy me leva de volta àqueles seis meses que passei sozinha, sofrendo pela falta dele.

– Eu fiz o que pude para tirá-lo da cabeça. Achei que tinha conseguido, já que eu pensava cada vez menos nele. Mas quando voltei...

– Quando voltou... – George me incentiva.

– Quando voltei e vi o Sr. Delícia de novo, não resisti.

– SR. DELÍCIA?! – George e Livy falam ao mesmo tempo, e sinto meu rosto corar. *Eu e minha língua grande.*

– É como eu penso nele, desde então. Ele é irresistível. Quando nos encontramos de novo e ele colocou os olhos em mim, era como se eu estivesse sendo atingida por um raio.

– OH. MY. GOD. Johanna... – George fala com a mão na boca, parecendo chocado.

– Não sei explicar, George. Só sei que bastava ele me olhar para que minhas pernas ficassem bambas e eu só conseguisse dizer sim. – Respiro fundo e continuo contando: – É óbvio que toda essa intensidade me assustou quase até a morte, e fui embora de novo. Arrumei um emprego em San Francisco. Fui, mais uma vez, sem olhar para trás, e decidida a tirá-lo da minha cabeça de qualquer jeito.

– Jo, meu bem. Você é uma tola – George fala, indo até a cozinha e abrindo a geladeira. – Não se foge de um Sr. Delícia. Ainda mais um como Zach. – Ele suspira e tira uma garrafa de água da geladeira. – Preciso beber água, porque essa história está me fazendo passar mal. Alguma de vocês também está precisando? – ele pergunta, com um suspiro. Livy e eu levantamos as mãos.

– Florzinha – ele se volta para Livy –, você não deveria estar precisando de água para esfriar o fogo. Você é virgem, por Deus!

– Sou virgem mas não estou morta, George – ela responde, e eu não posso segurar a risada, ao mesmo tempo em que as lágrimas estão descendo.

George respira fundo, sacode a cabeça e se volta para mim:

– Jo, Docinho, eu acho que não te ensinei tudo o que deveria. Preste atenção ao que o tio George vai dizer. Livy, sua virgem assanhada, preste atenção também! – ele chama a atenção de Livy e nós duas ficamos boquiabertas, atentas às suas explicações. Lá vem besteira. – Vocês não correm de homens como Sr. Delícia-Thor-O-Deus-Do-Martelo. Vocês correm *para* ele. – Ele sacode a cabeça como se fosse complexo demais para nós duas entendermos. – Vou demonstrar para vocês verem. – Ele abre os braços e faz um movimento de aproximação e afastamento. – Já deu pra entender, ou eu preciso continuar bancando a comissária de bordo? Hummm...

Eu e Livy nos olhamos enquanto George colocava a mão no queixo. Podemos ver suas engrenagens funcionando a todo vapor.

– Comissário de bordo é uma boa fantasia. Zach daria um piloto espetacular. Já pensou nele pilotando sua aeronave... – *Ohhh!*

– George! Estou contando uma história séria! Para de viajar!

– Ok, mas quero deixar registrado, meritíssima, o meu protesto, porque se eu soubesse que você estava sendo martelada por Zach, eu nunca deixaria você ter fugido dele. Pronto, falei. – Ele senta de volta no sofá e cruza os braços, parecendo ofendido.

– George! – grito e jogo uma almofada em cima dele. Livy está vermelha como um camarão e eu morta de vergonha. – Temos uma virgem no recinto!

–Virgem safadinha, né? Inclusive, mocinha – ele se vira para Livy, que arregala os olhos enquanto ele aponta para ela –, eu não entendi porque você chegou aqui com a roupa de ontem. Nós vamos conversar sobre isso depois. – Ela olha para baixo, como se desse conta, só agora, de que parece ter vindo direto de uma festa.

– Eu... eu... – ela começa, mas George a interrompe.

– Pode parar de gaguejar. Vamos conversar sobre isso depois que a senhorita fujona acabar de contar a história dela. – Livy respira aliviada, e eu fico tensa novamente. – Pronto, Jo. Termina de contar essa tolice sem fim que você fez com a sua vida.

Respiro fundo e continuo a minha história. Sinto como se tivesse voltado no tempo, e as lembranças da saudade que sentia dele tomam posse do meu corpo. Conto das noites insones, as tentativas de encontrar alguém para substituí-lo na minha cabeça, as vezes que pensei em ligar, mas não tinha coragem. Os meses passaram e eu estava infeliz, com saudades de casa e de Zach.

– Até que eu aceitei que não conseguia ficar sem ele. – Dou um longo suspiro. – E aí começamos uma queda de braço que norteava a nossa relação.

– Como assim? – George pergunta surpreso.

– Zach tinha mudado. Estava mais... exigente. Acho que todo esse tempo que passamos separados fez com que o nosso desejo aumentasse, e nada era suficiente. Mas você sabe como eu sou teimosa, ele também sabe. – Respiro fundo, puxando a coragem de dentro de mim, e começo a contar: – A nossa vida sexual mudou. – Livy parecia chocada. *Droga*. – Ele estava mais possessivo, mais mandão.

– Mandão? – George pergunta, estupefato.

– Ohhh... Ele é uma espécie de Sr. Grey? – Livy pergunta, corando, e eu não consigo segurar a risada.

– Jo, não me diga que vocês têm contratos e transam amarrados. Ele não te bate, certo?

– Meu Deus, claro que não. Ele não me bate, nunca usamos chicotes nem nada do tipo. Umas pegadas mais fortes, sim... – *Oh, merda*. Eu e minha boca grande. – Então, voltando ao que eu estava falando... – Tento me recompor, mas George não perdoa.

– Johanna Stewart, você é um furacão sexual e nos escondeu todo esse tempo?! Eu sabia!

– A gente só não tinha ideia do quanto – Livy completa e coloca a mão na boca, como se tentasse conter seus pensamentos luxuriosos.

– Desculpe, George. Não é que eu quisesse esconder. Mas Zach consumia, ainda consome, todo pedaço racional que tenho em mim. Eu olho para ele e não consigo pensar em mais nada a não ser em pular nele. Ele foi se infiltrando em mim como uma droga. Ele conduzia a nossa relação sexual de acordo com as vontades dele, que, me entendam bem, eram as minhas também. Nós realizamos todas as fantasias que eu jamais imaginei que pudesse realizar. Com ele, perco completamente a noção do que é certo ou errado. Ele diz "quero agora", e a única coisa que eu faço é perguntar "onde?". Ele tem controle total sobre mim, sobre meu corpo. A única coisa que eu conseguia controlar... – Eu começo a chorar novamente e George completa.

– A única coisa que você conseguia controlar era a sua vontade de manter tudo escondido. – Ele se levanta e vem até mim, abraçando-me, enquanto o pranto me pega novamente.

– Jo, desculpe, não entendi. – Livy olha para mim, confusa. – O que são essas "fantasias"?

– É mesmo, Jo. Que espécie de fantasias eram essas que só Zach foi capaz de realizar? – Pronto. Eu sabia que não devia ter contado.

– Ah, gente... – Eu tento disfarçar, mas George me olha feio e eu solto tudo de uma vez, antes que perca a coragem: – A nossa química sexual estava em ebulição. Descontrolada, até. George, você lembra quando nós fomos com a Julie na Agent Provocateur e eu não quis entrar?

– Lembro. Você disse que tinha ido ao banco e encontrou alguém...

– Isso. Eu não quis entrar porque estava constrangida. Eu tinha ido ali duas semanas antes.

– Comprar lingerie? Que besteira. Qual o problema?

– Com Zach. – George me encara, esperando que eu complete o raciocínio. – Não apenas para comprar lingerie – eu falo num murmúrio, e essa é umas das poucas vezes que vejo George sem ação. Livy está mais corada do que eu imaginei que fosse possível. E eu continuo, agora que comecei... – É isso que quero dizer, quando falo que ele *domina* a relação. Ele não tem freios, assim como eu. Para nós dois não tem hora, não tem lugar. Já perdi as contas das paredes do After Dark em que já nos pegamos. – George continua boquiaberto. – O que foi, George? Você é a última pessoa que deveria me olhar com essa cara de chocado.

– Docinho, não estou chocado por vocês gostarem de sexo emocionante em lugares públicos, ou por vocês serem essa bomba de tesão a ponto de explodir. O que estou pensando é que não bate todo esse estresse emocional com uma relação baseada só em sexo, entende?

– A nossa relação não é baseada só em sexo, George – digo, e na minha cabeça passa um filme, lembrando dos momentos em que Zach esteve ao meu lado. – Nós dormimos juntos todos os dias. Ele faz o jantar para mim, enquanto eu conto sobre o meu dia no escritório. Eu fico esperando ele chegar do bar, para que possamos conversar um pouquinho antes de dormir, nos dias em que ele está trabalhando. Ele é carinhoso, divide as preocupações comigo. – Mais lágrimas caem. – Pede a minha opinião. Me ouve. Se preocupa. Ele cuida de mim e eu dele. Não sei o que vou fazer sem ele, George. É como se um pedaço de mim tivesse sido levado quando ele saiu por aquela porta.

– E por que você está sofrendo assim? Por que, quando ele te pediu para assumirem a relação, você não aceitou?

– Porque ainda tenho medo. Porque sei que, quanto mais o tempo passar, mais envolvida eu vou estar. Ontem foi Lolla.

Amanhã, sabe-se lá quem vai dar em cima dele. E se ela for tão interessante a ponto de ele não conseguir resistir? E se...

– Jo, para! – George me segura e fala sério. – Você já se ouviu? Esse seu medo é algo irracional. Ninguém, ouça bem, Docinho, ninguém vem com certificado de garantia de amor eterno. Você pode arrumar outro cara, que não seja tão bonito ou que não te desperte tudo isso que Zach faz, e ele se enrabichar por uma qualquer. Porém, você pode abrir mão de todo esse sentimento explosivo que vocês têm e se arrepender pelo resto da sua vida, Jo. – George se ajoelha em minha frente e segura meu rosto. – Querida, não estrague sua vida e a dele com medos bobos. Está na hora de você amadurecer e encarar a vida como a mulher que você é.

– Eu tenho medo, George – confesso, as lágrimas caindo e meu corpo tremendo. Olho para Livy e ela também está chorando, enquanto segura minha mão.

– Eu sei que você tem medo, até porque você viu seu irmão passar de cama em cama por todos esses anos. Mas até ele aceitou que, sem o amor daquela pessoa especial, nossa vida não é nada. Sem esse amor, que tira nossos pés do chão, a gente não vive, simplesmente passa pela vida. Você não merece isso, Jo. Você merece tudo – ele me abraça com força e puxa Livy para junto de nós.

Ficamos assim, os três abraçados por um tempo, até que eu falo:

– Eu amo vocês.

– Eu também amo vocês, meninas. Apesar de vocês me darem tanto trabalho.

– Eu também amo – Livy fala sorridente, mas George não perdoa.

– Agora que já acabei com a sessão esporro na Jo, é a sua vez, mocinha. – Ela arregala seus olhos cor de mel e empalidece.

– Minha vez? De quê?

– Não se faça de desentendida. Onde a senhorita dormiu? – George pergunta, olhando em seus olhos. Tenho pavor de quando ele olha assim. Ele consegue arrancar todos os nossos segredos.

– Livy, você saiu com alguém? Oh, meu Deus! Você não é mais virgem? – eu pergunto, preocupada.

– Não, Jo! Nada aconteceu! – Ela está tão vermelha que eu tenho certeza que algo aconteceu.

– Estou esperando, mocinha – George insiste, e ela baixa a cabeça e começa a falar.

– Eu não dormi em casa.

– Isso a gente já sabe. Quero novidades – George pressiona um pouco mais.

– Eu vou contar, George. Mas vocês não podem brigar comigo – ela fala, parecendo tão constrangida que sinto pena e quase mando George parar de pressioná-la.

– Ok. Fale logo. Estou ficando agoniado. Meu coração não aguenta tanto estresse com essa vida amorosa de vocês, que parece mais uma novela mexicana.

– Eu dormi com Alan – ela solta a bomba e nós dois damos um pulo do sofá. *Merda.*

Capítulo catorze

Zach

Paro o carro em frente à casa de Danny e Julie, respiro fundo e saio em direção à porta da frente, antes que eu perca a coragem. E quando eu levanto o braço para tocar a campainha, sinto algo pular em minhas pernas.

– Pepper! – Eu me abaixo para brincar com a pequena bola de pelos de Julie. – Ei, garoto! Onde está o seu pai, hein? – pergunto a ele, rindo ao pensar em Danny como pai.

Somos amigos há tantos anos, passamos por tantas coisas juntos... Daniel e Rafe são os irmãos que escolhi. Sou filho único e minha família mora longe, Atlanta. Eles são minha família aqui em LA. É nesses caras que confio e daria minha vida por eles. Pensar em Danny tendo filhos era como ver cair a ficha de que tínhamos crescido, o que reafirmava o motivo pelo qual estava ali.

Pepper late para mim e segue em direção aos fundos da casa, pela entrada lateral, parando no meio do caminho para ver se estou acompanhando. Ao chegarmos nos fundos da bela casa de praia dos meus amigos, vejo Julie sentada no balanço do jardim, com a mão no ventre, rindo de algo que Danny, na churrasqueira, está contando. É uma cena tão bonita, os dois juntos rindo e conversando, que eu não resisto e tiro uma foto com meu celular, antes que Pepper anuncie a minha presença.

– Zach! Que surpresa! – Julie me vê e abre um sorriso para mim. Ela está ainda mais linda, parecendo toda orgulhosa em exibir a gravidez.

– Oi, Julie. Desculpe chegar invadindo, mas Pepper me trouxe até aqui – falo, rindo, e me aproximo para beijá-la.

– Não se preocupe, querido. Você é de casa. – Ela me abraça e eu sinto uma bolinha macia, do tamanho de uma bola de tênis, bater na minha cabeça.

– Ai! – Afasto-me de Julie, levando um susto com o ataque surpresa, e olho para Danny, que está rindo na churrasqueira. – Droga, Danny! Por que isso?

– Eu não autorizei você a agarrar minha esposa – ele fala rindo. – Tenho treinado minha pontaria.

– Ela ainda não é sua esposa. – Jogo a bola de volta, sem acertá-lo, e Pepper corre para buscá-la.

– É sim, vivemos em pecado, mas ela já manda em mim, logo, é minha esposa – Danny responde, e nós todos rimos. – Veio almoçar conosco? Estou começando um churrasco. – Eu respiro fundo e falo sério:

– Na verdade, não. Eu vim porque preciso conversar com você.

– Está tudo bem, cara? – Daniel se preocupa, notando que tem algo de errado. – Algum problema no AD?

– Não, não houve nada no AD. Mas preciso falar umas coisas com você.

– Meninos, vou deixar vocês dois... – Julie começa a se levantar e eu me sinto constrangido por tirá-la do seu conforto para termos privacidade para conversar.

– Julie, não quero atrapalhar...

– Querido, eu preciso sair um pouco do sol. Vou tomar um banho e colocar minhas pernas pra cima, porque P1 e P2 estão agitadas.

– O que é P1 e P2? – pergunto confuso. Do que raios ela está falando?

– Problema 1 e Problema 2 – Danny responde, me fazendo dar uma gargalhada.

– Não posso acreditar que vocês chamam as bebês assim.

– E o que você imagina que elas vão se tornar quando fizerem cinco anos e forem para a escola? *Problemas*, com P maiúsculo! – Daniel explica, enquanto ajudo Julie a se levantar do balanço.

– Mas por que aos cinco anos?

– Acompanhe meu raciocínio. Nós, homens, começamos nossa fase predatória no jardim de infância, aos cinco anos de idade. Elas serão duas pequenas beldades, já que a mãe é linda de morrer e o pai é uma espécie de galã. – Julie já está rindo antes de ele concluir o raciocínio. Lá vem besteira. – A partir do momento em que as duas chegarem à escola, os garotos não darão mais sossego. Vai ser preciso apenas um olhar delas para que se apaixonem como cachorrinhos.

– Danny, inacreditável... – comento, rindo.

– Não é não. Elas arrasarão corações durante toda a infância e, quando chegarem à adolescência, precisarei comprar um cinto de castidade para cada uma. Se elas puxarem meu temperamento e o charme da mãe, serão duas pequenas paqueradoras e, se eu não tiver cuidado, serei avô quando elas tiverem quinze anos.

Ele para de falar de repente, e se volta para Julie:

– Baby, estou pensando melhor. Acho que nós deveríamos ser aqueles pais excêntricos, que não deixam os filhos irem para a escola, ensinando o que eles precisam aprender em casa.

Assim, podemos mantê-las conosco até os trinta. O que acha? – ele pergunta e sorri, como se realmente estivesse considerando a ideia.

– Essa não foi uma boa ideia, amorzinho. Vai para o pote de péssimas ideias, juntamente com a sugestão de comprar uma arma e uma cerca elétrica móvel – Julie fala para ele, tão séria que não aguento e solto uma gargalhada alta.

– Ria mesmo. No dia que você tiver uma filha, você irá se juntar a mim nas estratégias de guerra – Danny responde, fazendo uma carranca, e eu não posso segurar a risada.

– Julie, quantas ideias desse tipo ele já teve?

– Inúmeras. Mas com paciência e coragem, consigo convencê-lo de que nossas filhas devem ter uma educação normal, em escola mista, e que ele não será avô quando elas tiverem quinze anos, porque serão bem educadas.

– Temos que nos prevenir – Danny fala, e Julie rebate:

– Temos que ser pais normais. Fique tranquilo, nós vamos conseguir. Elas só terão autorização para namorar quando estiverem mais velhas.

– Com trinta? – Danny abre um grande sorriso.

– Com dezesseis. E deixe de ser velho antes da terceira idade – Julie responde, piscando um olho para mim. – Estarei lá dentro, rapazes. E, Danny? – ela o chama e ele olha para ela com um sorriso feliz. – Se insistir nessa ideia de cinto de castidade, vou te dar um também.

– Droga. Ela é durona – ele fala para mim, rindo, enquanto Julie segue para a casa.

– Vocês dois são ótimos juntos – falo, e é uma verdade. A relação deles é tão bacana de se ver. – Como você está, agora que vai ter duas pequenas *Mini-Julie*?

– De verdade? Apavorado. Mas a Ju tem conversado muito comigo e conseguiu me convencer de que as coisas darão certo. Droga, Zach, eu achava que ia ter um garotão, e agora vou ter duas mocinhas indefesas para tomar conta.

– Vocês vão conseguir, cara – respondo, realmente acreditando nisso. – Vão ter uma bela família unida.

– Se Deus quiser – ele responde com um sorriso, enquanto tempera a carne. – Mas você me deixou curioso. O que aconteceu? Você sabe que é sempre bem-vindo aqui em casa, mas não é comum você vir num sábado durante o dia.

– Preciso conversar com você.

– Pode falar, Zach. Estou pronto para ouvir – ele responde, e eu fico pensando na melhor maneira de contar toda a verdade.

– Preciso falar uma coisa com você, mas não sei como vai reagir – falo, e Danny levanta o olhar para mim.

– Zach, pode falar. Sou um futuro pai. Muito mais maduro – ele fala e nós dois rimos. – Não, eu sei... Mas pode falar, cara. O que está acontecendo?

– Bom, vou falar de uma vez. Jo e eu estamos juntos.

– Juntos? – ele pergunta, sem parar de preparar a carne.

– Sim, juntos. Estamos... namorando. – Eu nem sei definir direito o que é a nossa relação, mas não posso dizer que nós estamos tendo um caso, certo? Até porque é muito mais que isso.

– Namorando? – ele pergunta e continua. – Hum... Sabe, Zach, eu estava me perguntando até quando vocês iriam esconder isso de mim – ele solta a bomba e se vira para pegar o espeto. *Uau!* Por essa eu não esperava.

– Você já sabia?! Por que não falou comigo? – questiono, confuso.

– Porque eu achei que deveria esperar que vocês se sentissem à vontade para falar. Notei pela troca de olhares no Natal. – Ele volta para a bancada e pergunta, com o espeto na mão:

– Conversei com a Julie e ela me convenceu de que deveria esperar um pouco antes de perguntar sobre isso. Eu mesmo tive dificuldade em assumir a nossa relação – ele fala, com um sorriso compreensivo, e meu estômago se retorce.

– Bem, isso é uma surpresa, mas... – respiro fundo – estamos juntos há algum tempo, já.

– Algum tempo? – Danny para o que está fazendo e me olha sério. Oh, droga. Ele está com o espeto na mão. Espero que não me mate.

– Sim. Algum tempo. – Tento disfarçar.

– Algum tempo quanto? Dois meses? Cinco? – Ele está ainda mais sério. *Droga.*

– Três anos – falo baixo, e ele me aponta o espeto. Agora sei que estou fodido.

– Porra, Zach! Você está há três anos com a minha irmã e nunca falou nada? Que porra é essa? Por que você estava escondendo?

Chegou a hora de contar tudo. Espero que no final ele não me mate com o espeto de churrasco.

– Calma, cara. Vou explicar tudo, mas abaixe a arma – falo apontando para o espeto na mão dele. Vou até a geladeira, pego duas cervejas e jogo uma para ele. Ele solta o espeto para segurar a garrafa. E eu me encaminho para trás do balcão e começo a colocar a carne no espeto, antes que ele resolva me matar.

– Vou contar do início, ok? Mas, por favor, me ouça. – Ele balança a cabeça muito sério. Sei que ele está se controlando para não voar em cima de mim.

– Nós nos encontramos numa festa...

Começo a contar nossa história do momento em que ficamos juntos pela primeira vez. Falo do quanto fiquei surpreso, do quanto ela me afetou e de como eu só pensava nela. Sigo falando das nossas separações, da insistência dela em não contar a ninguém.

– Juro que tentei esquecê-la, Danny. Todas as vezes que ela ia embora, eu prometia a mim mesmo que era a última vez. – A carranca de Danny vai se desfazendo aos poucos. – Mas, então, ela voltou e eu tinha que fazer uma força sobre-humana para não jogá-la no ombro e levá-la para minha casa. Tinha que fazer de conta que não me importava porque, quanto mais era pressionada, mais ela fugia. Ela é muito parecida com você.

– Comigo? – ele pergunta, surpreso.

– Sim. Ela foge das relações, tenta não se prender. No nosso caso, a desculpa era o seu ciúme. Ela dizia que tínhamos que nos manter escondidos porque você jamais iria aceitar que eu estivesse com ela. E eu sei que você não aceitaria.

– Como você sabe, se vocês não vieram conversar comigo? Droga, Zach, eu me sinto o marido traído, o último a saber.

– Danny, pense bem. Você, há três anos, não tinha a mesma cabeça que tem agora. Você demorou um tempão para assumir o que sentia pela Julie. Se eu fosse ter essa mesma conversa com você, naquela época, você teria chutado meu traseiro e me obrigado a me afastar dela.

– É, você tem razão. Eu teria arrancado suas bolas e as pendurado no bar, para servir de exemplo – ele responde, e eu estremeço com a cena. – Mas e depois?

– Num belo dia, ela bateu na minha porta, e... – Paro ao lembrar que estava falando da irmãzinha dele.

– E? – ele pergunta. *Merda, Danny!* – Pode falar.

– E pulou em cima de mim, dizendo que estava com saudades e que queria ficar comigo. Eu estava mal sem ela e, quando voltou, tudo o que eu queria era estar com ela. Se ela me pedisse para dar a lua de presente, eu o teria feito. Imagina se eu não iria aceitar ficar com ela sem contar para ninguém, ainda mais para você.

– Apesar de não estar satisfeito com isso, eu te entendo. E aí?

– Aí que voltamos a ficar juntos. Chegamos a um ponto tal que temos a chave da casa um do outro e, basicamente, moramos juntos em duas casas – respondo, pulando a parte do sexo incrível e emocionante. Ele não iria gostar de saber disso. Não mesmo.

– Porra, Zach. Me dói demais saber que vocês não confiaram em mim. – Daniel parece arrasado, e eu me sinto decepcionado por estar magoando o meu amigo.

– Danny, não é que não confiássemos. Eu confio a minha vida a você, e sabe disso. Mas a Jo não queria falar. Pra ninguém. Você tem ideia de como eu me sentia sendo o segredinho sujo dela? Quantas vezes ela ia até o AD com George ou Julie, e eu tinha que me controlar para não fazer uma cena quando outros caras chegavam nela?

– Foda...

– Muito. Eu vinha guardando essas coisas dentro de mim para estar com ela, mas cheguei a um ponto em que não consigo mais segurar. Depois do que aconteceu ontem, sabia que você descobriria, e eu queria ser a pessoa a contar a você.

– O que aconteceu ontem? – *Merda*. Chegou a hora de contar sobre Lolla.

– Você lembra de uma garota com quem eu saí durante um tempo? Lolla...

– Sim, ela ficou um bom tempo rondando no bar depois que você se afastou dela, dando em cima de Rafe, de mim e de quem mais aparecesse.

– Pois é. Eu terminei com ela há três anos, mas ela nunca perdeu a esperança...

Continuo contando toda a peregrinação de trocas de números de telefone, de não dar chance para ela achar que teria algo novamente, das mensagens de texto insistentes e da mensagem que a Jo pegou. – Mas, ontem, ela ultrapassou todos os limites aceitáveis. Foi para o bar vestindo uma roupa provocante, e tentou de todas as formas me seduzir. Num determinado momento, ela me cercou próximo aos banheiros e tentei, mais uma vez, explicar que eu estava envolvido com alguém e que não tinha interesse no que ela estava me oferecendo. O problema é que Jo também estava lá.

– Puta merda!

– Nem me fala. Ela estava com George e Livy e, quando eu olhei, um imbecil estava em cima dela. Larguei Lolla falando sozinha e fui até Jo, tirando-a do alcance do idiota. Então fomos para minha sala... – Não posso dizer que eu e a irmã dele já tínhamos batizado várias paredes do After Dark. *Pense, Zach* – discutir o que tinha acontecido... – *Ufaaa!* – E quando abrimos a porta da sala, eu quase enfartei.

– O que houve?

– Lolla, nua, em cima da minha mesa.

– Nua? Que merda. Se isso acontecesse comigo, Julie cortaria as minhas bolas fora – ele fala, passando a mão pelos cabelos.

– Eu pensei que ela faria o mesmo, até porque a vadia foi além e sugeriu que fizéssemos uma "festinha a três". Jo perdeu completamente o controle e a postura de advogada certinha. Pegou Lolla pelos cabelos, nua, do jeito que estava, e a jogou para o lado de fora da minha sala. – Danny está boquiaberto. – Pegou as roupas de cima do sofá, jogou em cima dela e ameaçou dar uma surra, caso ela se aproximasse de novo.

– Essa é a minha irmã! – Danny fala entre gargalhadas. – E ela não te castigou? Julie não teria me deixado passar por isso ileso.

–Você anda muito submisso à Julie, hein? Ela está levando você pela coleira. – Daniel ri e concorda.

– Sim, mas não vivo sem ela.

– Então você entende que eu não vivo sem a Jo. – Ele balança a cabeça em concordância e eu continuo a minha história. – Ela, na hora, não queria saber de mim, mas acabamos fazendo as pazes. Mas hoje de manhã eu cheguei ao meu limite. Por isso vim conversar com você.

–Você terminou com ela? Depois de tudo isso?

– Não, cara. Eu a coloquei contra a parede e exigi que ela assumisse os seus sentimentos. Ela não consegue nem dizer o que sente por mim. Eu a amo, Daniel, eu não sei o que fazer sem ela, mas quero mais. Quero uma vida como a que você tem. Uma família, uma casa só, quem sabe um cachorro, filhos. Mas agora quero tudo. Se ela não puder me dar tudo, prefiro me afastar. Tivemos uma grande discussão.

– E ela?

– Ela me cobrou, dizendo que eu tinha um "harém". Acredita? Vocês estavam sempre implicando comigo porque estava sozinho há muito tempo quando, na verdade, estava com ela, e ela me acusa disso. Eu falei tudo o que eu estava sentindo e disse que a decisão estava nas mãos dela. Deixei-a pensando, pedi para o George dar apoio a ela, e vim conversar com você. Achei que o primeiro passo para acertar nossa vida era conversar com você. Mesmo que ela não queira continuar comigo. – Eu suspiro, arrasado só de pensar nessa possibilidade.

– Nossa, Zach. Eu estou até sem saber o que dizer. Na verdade, estou me sentindo um pouco culpado por você estar nessa situação.

– Culpado? Mas por quê? – Como ele pode estar se sentindo culpado se não sabia de nada?

– Sim, culpado. Eu acho que eu não fui um bom exemplo para ela. Ela projetou em você as coisas que eu fazia antes de estar com a Julie. Você nunca foi mulherengo. Mas, por sermos amigos, ela me via não tendo relacionamentos, saindo com mulheres aleatórias, e deve ter achado que você era como eu. – Ele bebe um gole de cerveja, depois de colocar os espetos na churrasqueira.

– E agora, o que eu faço?

– Primeiro, vamos almoçar. Vou tirar seu couro e fazer você contar sua história de mulherzinha apaixonada para Julie. Depois, você vai para o bar e eu vou conversar com ela. Vou colocar um pouco de juízo na cabeça teimosa da minha irmã. – Nós dois rimos e ele levanta a garrafa. Encosto a minha na dele, fazendo um brinde. – Bem-vindo à família, Zach – ele fala e eu estremeço, ao imaginar que isso poderia não se concretizar.

– Que Deus te ouça – respondo, entornando o resto da minha cerveja de uma vez.

Capítulo quinze

Livy

Eu sabia que devia ter mantido minha boca fechada. Agora, George e Jo iriam me matar por eu ter dormido com Alan.

– Florzinha, o que eu disse a você sobre Alan? Eu não estava brincando. Ele é um perigo! – George fala, segurando minhas mãos, enquanto Jo me olha, horrorizada.

– Mas, George, não aconteceu nada. Só conversamos. – Quer dizer, *quase* nada. Não que eu fosse deixá-los saber disso.

– Livy, ele te obrigou a alguma coisa? Pode falar, a gente não vai brigar com você – Jo fala, nervosa.

– Vocês já estão brigando. Não aconteceu nada de mais. – Eu cruzo os braços, emburrada. Sei que sou inexperiente, mas eles estão me tratando como se tivesse cinco anos de idade. E não 22. George e Jo se encaram, e ele se volta para mim.

– Livy, meu anjo, nós não queremos que você se machuque. Alan é lindo, sedutor, gente boa. Mas ele não se prende a ninguém, querida. Ele é um espírito livre. O típico roqueiro tatuado, sempre com uma *groupie* do lado.

– Ele não é como vocês pensam...

– Então fale para nós como ele é, Livy. Porque estamos morrendo de preocupação.

Respiro fundo e começo a contar sobre a noite anterior.

O bar estava lotado. Eu não estava acostumada a ir a lugares assim. Sou uma menina do interior, criada em fazenda por um pai superprotetor. Estava morando em Los Angeles há seis meses, desde que consegui o emprego como assistente de Jo.

Olhava para todos os lados, enquanto George e Jo conversavam, tentando absorver o ambiente. Era tão diferente. Eu mesma me sentia diferente, já que George havia me produzido toda, antes de irmos para lá.

Até que a banda entrou no palco e eu o vi. Ele era uma espécie de fruto proibido, com uma calça de couro justa, camiseta branca e todas aquelas tatuagens aparecendo. Me senti hipnotizada por seus movimentos, sua voz e seu olhar. Ele começou a cantar e eu fiquei lá, parada, olhando, sentindo como se tivessem tirado meu chão. Até que, de repente, o olhar daquele homem sexy caiu sobre mim e tudo ao redor se apagou. Era como se só existíssemos nós dois, ligados por uma força invisível. Eu era incapaz, naquele momento, de cortar aquela energia que estava ao nosso redor.

Nunca senti uma força tão poderosa. Sim, eu já havia namorado antes, mas nunca senti um décimo do arrepio que senti no momento em que seu olhar se prendeu ao meu, fazendo promessas que eu nem mesmo sabia o significado.

A intervenção de George quebrou o campo magnético ao nosso redor, deixando-me com a sensação de frio e abandono. Sim, eu sabia que ele era perigoso. Um homem que provoca arrepios dos pés à cabeça não pode ser um cara comum.

Quando George se distraiu, voltei a olhar para o palco. Os olhos dele estavam fechados e ele cantava como se estivesse fazendo uma declaração a alguém.

Toda aquela confusão entre Zach, Jo e Lolla me deixou atordoada. Eu não estava acostumada a esse tipo de circunstância em minha vida, que não era nada emocionante.

Senti meu corpo todo tremer de nervoso, com medo do que aconteceria entre Jo e aquela mulher horrível. Então, antes mesmo que ele me tocasse, senti sua presença forte logo atrás de mim.

– Respire, linda – ele falou, passando a mão em meus braços, e me dei conta de que eu estava, realmente, prendendo a respiração. A cena terminou, Jo saiu do *backstage*, e George entrou na sala com Zach. Eu fiquei ali fora, sendo segurada pelas suas mãos firmes, enquanto Rafe e Jenny seguiam em direção à saída para ver se Lolla tinha realmente ido embora.

– Você está bem? – ele pergunta, mas não consigo responder nada a não ser balançar minha cabeça em concordância. – Anda, linda, vem comigo.

Sem que eu tivesse a chance de falar qualquer coisa, ele puxou minha mão e me levou mais para perto do palco. Um rapaz da banda, o baterista, sinalizou que faltavam cinco minutos, e ele concordou.

– Vou cantar mais quatro músicas e, em seguida, eu saio. Espere-me aqui, ok?

– Mas eu nem sei seu nome... – falei, tentando recuperar um pouco da razão, mas ele se aproximou ainda mais, sua boca quase grudada na minha, olhos presos aos meus.

– Alan – ele respondeu, cruzando os cinco centímetros que nos mantinham separados. Sua boca colou na minha, num beijo leve. Foi um breve roçar de lábios, algo que poderia ser considerado tão inocente quanto eu, caso ele não tivesse lambido o canto da minha boca. Agora eu sabia o porquê do aviso de George.

– Fique aqui. Eu volto. – Afastou-se e voltou para o palco, passando direto pelas *groupies* que se amontoavam. Eu sabia que ele poderia ter a mulher que quisesse, e estava me sentindo especial por ter conquistado sua atenção.

Fiquei no *backstage*, bebendo suas palavras em forma de canção. O show acabou, ele saiu do palco e veio direto até mim, como um tigre faminto atrás de sua presa.

Ele pegou minha mão e me levou em direção à saída. Não conseguia pensar em mais nada, exceto em estar com ele.

Alan me levou para uma caminhonete branca, abriu a porta e me ajudou a subir. Depois de me acomodar, ele fechou a porta, dando a volta no carro. Ao entrar, debruçou-se sobre mim, puxando o cinto de segurança.

–Você está bem?

–Você nem sabe meu nome... – respondi, meu bom senso tentando dar as caras antes que fosse tarde demais.

– Sei sim, Olivia. E o que eu não souber ainda, você irá me contar – ele respondeu, usando meu nome inteiro. Ninguém me chamava de Olivia há muitos anos. Mas ouvi-lo pronunciar meu nome com aquela voz melodiosa fez com que eu me sentisse... única.

Alan se afastou e ligou o carro. Fizemos o percurso até o nosso destino desconhecido em silêncio. De repente, me dei conta de que estava dentro do carro de um homem estranho, que tinha acabado de conhecer (se é que eu poderia dizer que o tinha conhecido) a caminho de um lugar que não sabia onde era. Sentia meu corpo tremer ansiosamente e ele, sem tirar os olhos da estrada, liberou uma das mãos do volante e segurou a minha, que estava em meu colo.

– Respire, Olivia – ele ordenou, passando seu dedo sobre minha palma, provocando sensações que eu nunca senti.

De repente, o carro parou e, quando olhei ao redor, estávamos parados em frente a uma praia. Não reconhecia o local, até porque não costumo ir à praia, já que minha pele é tão clara. Ele desceu do carro, deu a volta na caminhonete e abriu a porta, oferecendo a mão para me ajudar a descer.

Seu toque me dava choque e eu estava cada vez mais confusa e nervosa.

–Vem, linda – ele me chamou, com um cobertor na mão, que estava no banco de trás da caminhonete 4x4. Quando chegamos à areia da praia, ele me pegou no colo, já que estava com aquelas sandálias que George me fez calçar, e seguimos devagar até o local escolhido.

Ele estendeu o cobertor, se abaixou e segurou meu pé esquerdo, desabotoando minha sandália. Nunca tive uma experiência tão sensual em minha vida – o que era de se esperar, sou virgem ainda. Ele tirou a sandália e eu não consegui segurar um gemido de alívio quando ele apertou meu pé, massageando-o. Vi um pequeno sorriso de lado se formar em seu rosto. Ele apoiou meu pé na ponta do cobertor e fez o mesmo com o outro.

Estava descalça, em cima da coberta, quando ele se levantou, tocou meus cabelos, enquanto olhava dentro dos meus olhos, beijou a minha testa e me puxou em direção à nossa cama improvisada.

Nos deitamos e, quando olhei para cima, o céu era como um tapete estrelado.

– Alan... – comecei a dizer, mas ele me silenciou com um beijo leve, puxando meu corpo contra o seu.

– Nós não vamos fazer nada de mais, Olivia. Não hoje. Quero apenas ficar abraçado com você esta noite.

– Sério? – perguntei, preocupada, já que imaginava que ele fosse pular em cima de mim na primeira oportunidade.

– Sim. Não me pergunte por quê. Eu realmente não sei, mas sinto que precisamos estar assim, juntos – ele respondeu e me puxou para um abraço, fazendo com que eu apoiasse a cabeça em seu peito duro.

Seu abraço era quente e protetor. E era impossível não sentir a rigidez dos músculos daquele corpo magro e firme. Minha mão corria por seu braço, explorando seus desenhos.

– Você é linda – ele falou bocejando. – Ruiva e com esse ar de inocente. – Balançou a cabeça. – Durma, Olivia – ele falou, e eu simplesmente apaguei.

★

– E foi isso que aconteceu – falo, saindo de uma espécie de transe. – Acordei no dia seguinte com o telefone vibrando no bolso do meu vestido e George me chamando para um alerta vermelho.

– Oh. Meu. Deus – Jo fala e olha para George, que parece completamente desestruturado. – E aí?

– E aí que eu consegui me soltar do braço que estava me prendendo junto dele. Peguei minhas sandálias e fui embora. Vim de táxi para cá.

– E ele? – George me pergunta boquiaberto.

– Ele ficou dormindo. Oh, George, não me senti confortável em acordá-lo para me trazer aqui. Ele parecia cansado – respondo, e eles caem na risada. – O que houve?

– Isso vai ser interessante. Alan não está acostumado a isso – Jo responde, e se volta para George. – Na verdade, nada disso se parece com Alan.

– Não olhe assim para mim. Não sei o que isso significa – ele fala e Jo rebate:

– Você é homem! Deveria saber.

– Jo, sou um homem só na casca. O interior é uma alma feminina – ele diz e nós três rimos. Ele, de repente, fica sério de novo. – Florzinha, você sabe que Alan significa problemas, certo? Então, por favor, cuidado. Nós estamos realmente preocupados. Alan é um querido, mas nós sabemos que ele pode ser um predador.

Eu sei, no fundo, que ele tem razão.

– Ok, George vou tomar cuidado.

– Obrigado. Agora podemos almoçar? Estou morrendo de fome. – Nós duas sacudimos a cabeça em concordância, e Jo levanta em direção ao telefone.

–Vou fazer o pedido, já que meu chef particular foi embora – ela explica fazendo um biquinho, enquanto eu e George rimos.

Capítulo dezesseis

Jo

Um pouco mais tarde, Livy e George vão embora e eu fico em casa, sozinha. Tomo um banho demorado, pensando na minha vida e no meu relacionamento com Zach. Sentia medo da reação do meu irmão, mas só imaginar Zach fora da minha vida já fazia eu me sentir miserável.

Sigo até meu quarto para me vestir, quando a campainha me assusta, tirando-me da divagação. Deus! Hoje a minha casa estava mais movimentada que durante todo o último ano. Abro a porta e quase caio dura: Danny. E sua cara não parece boa. Droga.

– Danny! Que surpresa – falo, abrindo espaço para ele entrar. Ele passa por mim, parando para me beijar.

– Oi, irmãzinha. Está tudo bem? – ele pergunta, já entrando. Segue em direção ao sofá e se senta, bastante à vontade.

– Oi, Danny, tudo bem. Já que você está à vontade, vou vestir uma roupa e já volto. – Vou até meu quarto, coloco um vestido leve, prendo meu cabelo num coque e desço em seguida para conversar com meu irmão. Se ele estiver de bom humor, pode ser um bom momento para falar sobre Zach e resolver logo isso.

Volto para a sala e ele está sentado com um pote do sorvete de Zach na mão. Enxerido.

– Esse sorvete é uma delícia, Jo. Ainda bem que Julie não veio comigo, ou teria que dá-lo inteiro pra ela. Se Zach estivesse aqui, seria uma briga, porque essa é a marca preferida dele. – Ele enfia mais uma colherada na boca e volta a falar: – Engraçado, eu achei que você não tomasse sorvete, Jo. Você sempre disse que não gostava.

Oh, merda. Estou me sentindo pega no flagra. Vou ter que tentar outra abordagem.

– Eu não sabia que você tinha vindo discutir minhas preferências alimentícias.

– Não, eu vim te ver e conversar. Mas acho curioso...

– O quê?

– Que tenha tantas coisas na sua geladeira que Zach gosta de comer. Sorvete italiano, Budweiser, uma variedade de azeites e temperos... Você tem até mesmo uma máquina de cappuccino!

– Onde você está querendo chegar, Daniel? – Pronto, já estou na defensiva.

– Chegar? A lugar nenhum. Só achei interessante o fato de uma pessoa que mal sabe ferver água ter tantas coisas gourmet na geladeira, além de alimentos que não costuma comer, como esse delicioso sorvete. – Ele toma mais uma colherada. – Além disso, achei curioso o porteiro dizer que eu poderia colocar a moto aqui dentro do prédio, já que o Sr. Taylor não estava com o carro dele parado aqui. – Mais uma colherada e eu sinto minha face empalidecer. – Existe algo que você queira me contar, irmãzinha?

Pega no flagra! Oh, Deus, não permita que Danny me mate. Daniel me encara, refletindo seus olhos tão verdes, tão parecidos com os meus. É incrível como eu e ele nos parecemos fisicamente. Era como olhar para mim mesma em um espelho, só que em versão masculina. Respiro fundo e sinto toda a pressão daquele longo dia me atingir. Sento no sofá ao lado dele, abaixo minha cabeça, apoiando-a em minhas mãos, e falo baixo.

– Zach e eu estamos juntos, Daniel. Ou estávamos, agora já não sei mais. – Sinto seus braços envolverem meu corpo e ele me puxa para seu abraço. As lágrimas que eu estava prendendo caem, e Daniel me aperta ainda mais, acariciando meus cabelos, enquanto murmura palavras de consolo em meu ouvido.

– Fale comigo, Jo. Você pode confiar em mim. Sou seu irmão, quero o melhor pra você. Eu não vou te julgar – ele fala e eu olho para ele, tão sério. Impossível não acreditar no que me fala.

Respiro fundo e conto toda a nossa história, pela segunda vez naquele dia.

– Jo, meu anjo, por que esconder tudo isso? Zach é como um irmão para mim...

– Daniel, você sempre foi tão superprotetor... achei que você nunca aceitaria. Além disso, Zach sempre foi tão galinha... – falo e ele me corta.

– Eu não sei de onde você tirou essa ideia. Jo, o Zach é um irmão para mim, um cara íntegro, correto. Ele nunca foi mulherengo, muito pelo contrário. Nós sempre implicamos porque várias mulheres dão em cima dele e ele não sai com nenhuma delas há muito tempo. Imaginei que ele estava envolvido com alguém, mas não tinha ideia de que era você. Sinto-me culpado por tudo que está acontecendo – ele fala, passando as mãos pelo cabelo, demonstrando nervosismo.

– Culpado? Não, Danny. Por que você seria culpado? Eu é que agi errado em não falar a verdade para você.

– Porque eu sempre fugi dos meus sentimentos. Sempre fui mulherengo, nunca queria me envolver. Passei anos mostrando a você que os homens, de um modo geral, não querem se relacionar a sério, quando isso não é verdade. Acho que não fui um bom exemplo.

– Oh, Danny, não... eu te amo... você é o melhor irmão do mundo. – Eu o abraço, com o coração partido de ver meu irmão tão decepcionado.

– Eu também te amo, Jo, mas eu não cumpri a minha obrigação de irmão mais velho, de ensinar você sobre os relacionamentos e a forma como os homens lidam com as coisas. Eu realmente não queria me envolver com ninguém, mas hoje não me vejo mais sem minha família.

Olho para ele, com lágrimas nos olhos, surpresa com o quão maduro Daniel parece. Um verdadeiro homem de família.

– Estou tão orgulhosa de você. Você se tornou um homem admirável. Julie tem muita sorte em ter você – falo, enquanto ele me abraça.

– Eu é que tenho sorte em tê-la. Ela é a luz da minha vida, Jo. Assim como eu imagino que você seja a luz da vida de Zach, se metade do que ele me demonstrou hoje for verdade – ele fala em tom de confidência e começa a rir.

– Seu cachorro! Você já sabia!

– Claro que sabia. Mas não por sua causa, espertinha – ele fala, rindo. – Zach esteve lá em casa mais cedo e nós conversamos. Sei que você estava insegura, irmãzinha, com o que eu iria pensar e por você achar que Zach era um galinha, coisa que você sabe que ele não é. O que eu preciso saber agora é o que você realmente sente por ele. Você o ama? Porque, se você não tem um sentimento profundo por ele, Jo, deixe-o ir. Ele gosta de você de verdade, e não é justo fazer isso com ele. Mas, se o que você sente é amor, tire o orgulho e os medos do seu caminho e vá buscá-lo. Quero que você seja feliz.

Fecho meus olhos, lembrando-me dos momentos que passamos juntos, Zach e eu, ali na cozinha de casa, ele cozinhando enquanto eu contava sobre o meu dia, os jantares românticos à luz de velas, as vezes que dançamos abraçados na sala, com a luz apagada. Recordo de todas as vezes que acordei no meio da noite e ele estava olhando para mim, com um sorriso no rosto, das vezes que cedemos ao nosso desejo, independentemente do local, como no nosso último Réveillon.

Sinto um arrepio percorrer meu corpo, o mesmo que eu sentia quando ele entrava no mesmo ambiente que eu. Seu sorriso fácil e seus olhos azuis me vêm à cabeça, me trazendo alegria.

– Daniel, eu não sei dar nome ao que eu sinto por Zach. O que sei é que nunca senti por ninguém o que sinto por ele. Pensar em não viver mais com ele me deixa sem ar.

Respiro fundo, tentando conter minhas lágrimas. Nunca chorei tanto na minha vida como hoje.

– Eu não consigo dormir sem ele. Ele é um pedaço de mim que eu nem sabia que estava me faltando.

– E o que você ainda está fazendo aqui, irmãzinha? Vá buscá-lo! – Daniel pisca o olho para mim e eu o puxo para um abraço.

– Obrigada, Danny. Não sei o que eu faria sem você.

– Precisa de uma carona para algum lugar, antes que eu vá? Minha esposa está em casa, sabe como é, não posso deixá-la muito tempo sozinha – ele fala sorrindo e se levanta, seu rosto se transformando completamente quando ele fala na Julie.

– Não, eu pego um táxi. Vou me arrumar. Não posso buscá-lo vestida assim e com cara de choro. – Nós dois rimos quando ele balança a cabeça, concordando. – Daniel, como vocês estão se virando para a Julie sair de casa? Ela não está andando de moto, certo?

– Não. Quando precisamos ir ao médico, Jenny vai nos buscar ou pegamos um táxi. Vou precisar vender a moto, apesar de estar arrasado com isso. Nós não temos saído muito, principalmente desde que ela resolveu parar de cantar.

– Ela está bem com isso?

– Está sim, foi uma decisão dela, na verdade. Ela sabe que precisa fazer algumas concessões, já que teremos P1 e P2, em vez de um *Mini-Mim*.

– Daniel, o que é P1 e P2?

– Problemas 1 e 2. E não reclame, vocês mulheres são problema na certa. Com P maiúsculo.

Nós caímos na risada, e eu não posso deixar de comentar:

– Julie fez muito bem a você. Acho que eu nunca vi você tão leve e alegre. – Ele sorri, os olhos ainda mais verdes, se é que isso é possível.

– Eu estou feliz, Jo. Como nunca estive na minha vida. Julie é o centro do meu universo e está me dando os melhores presentes do mundo. – Ele abre um grande sorriso e me puxa num novo abraço. – Preciso ir. Fico preocupado em deixá-la sozinha por muito tempo. Boa sorte com Zach! Não deixe o orgulho te vencer, ok?

– Pode deixar, Danny. Obrigada por ser tão incrível! – Eu o levo até a porta e, antes de me beijar, ele solta a última gracinha da noite.

– Eu sei que sou o melhor irmão do mundo. Você não precisa agradecer. – Ele pisca, rindo, e eu caio na risada com ele.

– Metido!

– Realista, baby. – O elevador chega e ele entra. – Tchau, irmãzinha. Vai buscar o seu cara.

– Tchau, Danny.

Capítulo dezessete

Zach

Depois de um almoço incrível com Daniel e Julie, que me fizeram rir e me deixaram mais animado, fui para casa tomar um banho, depois segui para o After Dark.

Achei que apenas eu estava em um dia difícil, mas, pela cena que encontrei ao chegar, as coisas estavam complicadas para os homens do bar em geral.

Não eram nem sete da noite e Alan e Rafe estavam sentados no bar, cada um com uma garrafa de Jack Daniels pela metade. Nenhum dos dois era de beber muito, apesar de todo mundo achar que Alan vivia num mundo de bebidas e drogas, por ele ser todo tatuado e líder de uma banda, mas era exatamente o contrário. Ele detestava drogas e quase não bebia.

– O que está acontecendo, pessoal? – pergunto, e os dois bêbados levantam seus copos num brinde silencioso, olhos muito vermelhos, parecendo que aquela não é a primeira garrafa de cada um.

– O mundo, com as mulheres, é um mundo fodido – Rafe fala, e puta merda, ele está mais bêbado do que eu pensava. Está xingando e tudo!

Alan vira a sua dose e completa: – Senta aí, cara. Vem beber com a gente. Não acredito que você não tenha problema com mulheres.

–Vocês querem falar sobre o que aconteceu, em vez de me sacanear? – pergunto e chamo Jason, o barman de hoje, para pedir um *shot* de tequila. Pelo jeito, eu ia precisar.

– Alan está com o coração partido igual a uma garotinha, porque a ruivinha o largou sozinho e ele não teve chance de fazer nada – Rafe fala e começa a rir.

–Você pode acreditar? Eu, o vocalista da banda de maior sucesso da vida noturna de Los Angeles, fui largado sozinho na praia. – Mais uma virada de copo.

– Não quer contar do início? – pergunto, tentando entender.

– Saí daqui com a Olivia, fomos para a praia. Passamos a noite lá. Nada aconteceu. – Outra dose. – Eu me senti... afetado. – Mais um gole. – Nunca me senti assim com mulher nenhuma. Dormimos juntos e, quando acordei de manhã, o sol já estava alto e ela tinha sumido.

– Ele está apaixonadinho. – Rafe implica com ele. Mais uma dose para os três.

– Não estou apaixonadinho, imbecil. Estou com tesão reprimido. – Alan tenta disfarçar, mas parece bastante afetado.

– Se o seu problema fosse só tesão reprimido, você tinha jogado a tal ruiva na cama e resolvido o problema. Ou no banheiro do bar, já que isso nunca foi problema para você – comento, fazendo cara de desgosto ao me lembrar dos gritos de uma *groupie* semana passada, que espantou parte da clientela.

A garrafa de Alan acaba e ele pede uma de tequila ao barman.

– Ela não é o tipo de mulher que eu levo para o banheiro do AD. – Ele brinda comigo e viramos o *shot*. – Ela é bem diferente das mulheres com quem estou acostumado a sair.

– Vai vê-la de novo? – pergunto, curioso. Quem será a tal ruiva que fez isso com ele?

– Se eu puder evitar, não. Mas ela não sai da minha cabeça. Desde a hora em que coloquei os olhos nela, quando estava cantando. Merda.

– E você? Está bebendo por quê? – Alan me pergunta. A tequila está fazendo seu efeito, e eu olho para ele confuso.

– Não sei. Coloquei Jo contra a parede e contei ao Danny que estamos juntos. – Viro mais uma dose.

– Porra. Você foi contar logo ao estressadinho que você está comendo a irmã dele? E eu achando que eu estava fodido – Alan fala, e eu o empurro do banco.

– Não fale assim da minha namorada, idiota. Daniel deveria ter cortado seu pau quando você se aproximou de Julie. Agora você seria um eunuco e não teria problemas de tesão reprimido. – Eu e Rafe começamos a rir descontroladamente e Alan volta irritado para seu banco. Mais doses para nós.

– E aí? Daniel não te matou? – Rafe pergunta, chamando o garçom para trocar a garrafa vazia por uma cheia.

– Não. A princípio, achei que ele me mataria com o espeto de churrasco. Seria uma morte dolorosa. – Meu estômago revira. – Mas ele entendeu que eu não queria só comer a irmã dele. – Olho feio para Alan. – Daniel foi conversar com ela.

– *Uau!* – Alan fala com um assovio. – Julie conseguiu transformá-lo mesmo. Ele nem tirou um pedaço de você.

– Eu tenho que concordar com ele, cara – Rafe fala, e eu balanço a cabeça assentindo. – E agora?

– Agora eu tenho que esperar ela me procurar. Dei um ultimato nela. – Mais um gole. Rafe está abraçado ao Jack Daniels como se sua vida dependesse disso. – Rafe, qual o problema? Você não é de beber assim...

– Ei! Eu também não! – Alan fala, virando o copo.

– Mas você já explicou que sua bebedeira tem nome. *Olliiviia* – eu falo, já enrolando a língua. A ressaca amanhã vai ser foda.

– *Simmm* – Alan responde, parecendo ainda pior que eu. – Conta, Rafe. O que sai aqui, morre aqui. – Rafe olha para o barman, que levanta as mãos, em defesa.

– Ei! Não olhe para mim. Eu sou barman, estou acostumado a ouvir conversas de bar – Jason fala, e nós três rimos. Tudo parece engraçado.

– Oh, cara. Jennifer vai acabar comigo – Rafe murmura e enterra as mãos no cabelo, parecendo... desesperado? Acho que estou bêbado demais e já não consigo mais diferenciar as expressões.

– Jennifer? Sua vizinha? A médica? – pergunto, confuso. – Achei que ela se chamasse Jenny. – Será que é a mesma pessoa? Oh, Deus, acho que já estou muito bêbado.

Alan olha para mim, como se eu fosse burro ou algo assim.

– Jenny e Jennifer são a mesma pessoa. Dããã! Conta logo, Rafe. A sala dele está uma bagunça. Parece que passou um furacão.

– Vou contar, mas vocês não vão me interromper, ok? Nem falar nada disso pra ninguém, ouviram?

Nós dois concordamos e Rafe começa a falar, os olhos vidrados como se estivesse visualizando os acontecimentos.

– Vocês sabem que Jenny foi morar na casa do Daniel na mesma época que eu fui morar na casa da Julie. Nossa aproximação foi muito natural – Rafe fala pausadamente, como que para não perder a linha de raciocínio. – Eu não tenho família próxima, ela também parece não ter, então eu me aproximei muito rapidamente dela e de Maggie – ele fala com os olhos meio marejados. – Fomos nos conhecendo aos poucos, e a cada dia nos tornávamos mais próximos. Eu não consegui evitar, já que a cada dia que passa me apaixono mais por Maggie.

Rafe prossegue, expondo mais seu instinto paternal:

– Jenny sempre me tratou como amigo. Ela nunca demonstrou interesse, nem mesmo atração. Eu sinto que ela é um pouco retraída ao lidar com homens e nunca fala sobre o pai de Maggie. Mas, aos poucos, tenho derrubado as barreiras que ela ergueu entre nós.

Balanço a cabeça, incentivando-o a prosseguir com o desabafo.

– Eu tenho tentado ser um cavalheiro com ela, apesar do desejo que sinto. Jenny é linda e, apesar de eu sempre ter preferido mulheres de cabelo comprido, me atraí por seu cabelo acima dos ombros, seu jeito tímido e seu sorriso quando Maggie aprende algo novo – Rafe fala com uma alegria tímida nos lábios. – É meio ridículo, eu sei. Mas eu realmente gosto dela e estou me apegando, cada dia mais, à garotinha de grandes olhos castanhos.

Triste, ele confessa:

– Nunca aconteceu nada entre nós. Nem um olhar de desejo, ou um toque mais... quente, nem sequer um beijo. Nem no rosto. Até hoje.

– O que aconteceu hoje? – Alan pergunta, tirando Rafe do seu devaneio, o que faz com que ele devolva um olhar irado:

– Eu disse para não me interromper, porra! – Mais uma dose.

– Foi mal, cara. Estou curioso! – Alan vira seu copo e fala para mim, em tom de confidência: – A sala dele está uma zona. *Total.*

Rafe olha para ele, parecendo irritado:

– Vai me deixar continuar? Ou vai me interromper mais vezes?

– Não, cara. Pode continuar – Alan fala e vira para mim. – Ele é bravo.

– Ainda mais quando está bêbado – eu respondo, rindo, e viro mais um. – Jason! Outra garrafa!

Jason me olha torto, mas entrega a garrafa. Rafe continua, fazendo um detalhado flashback dos acontecimentos.

Rafe

Jenny me deu uma carona para o trabalho hoje. Até aí, nada de mais, porque ela sempre me dá carona quando vai para o hospital de carro.

Viemos conversando, ela parecia menos retraída, contando sobre as gracinhas que Maggie tinha feito na noite passada. Quando ela parou na frente do bar, estava sorrindo, com os olhos brilhando. Parecia tão jovem. Tão linda. Como se todas as preocupações que ela carrega nos ombros, naquele momento, tivessem sumido.

Não resisti e dei um beijo nela. No rosto. Nunca havíamos nos tocado. Nem mesmo um beijo inocente. Mas pareceu certo naquele momento. Fiz um carinho em sua bochecha, sentindo seu perfume suave me envolver. Ela baixou os olhos, se rendendo ao carinho, mas em seguida se afastou e virou para a frente. Os muros ao redor dela se levantaram de novo. Eu baixei a mão, me despedi e saí do carro um pouco atordoado.

O dia passou, e nos momentos mais inesperados Jenny aparecia em meu pensamento. Aquele sorriso tão raro, os olhos brilhando. Passei o dia distraído, até que uma batida leve na porta do escritório me tira dos meus pensamentos. Quando a porta se abre, devagar, quase caio da cadeira. Jenny. Olhos para baixo, segurando meu casaco.

Eu levanto e vou até ela, surpreso demais para falar qualquer coisa. Ela levanta os olhos, abre um sorriso fraco, parecendo estar constrangida, e eu não consigo deixar de demonstrar minha surpresa.

– Jenny? Está tudo bem? Aconteceu alguma coisa? – pergunto, e ela baixa os olhos novamente.

– Ehrr... Não. V... você esqueceu... casaco... – ela começa a falar, gaguejando um pouco. – O casaco. No carro – ela respira fundo e eu chego mais perto. – Eu fiquei preocupada. Você podia sentir frio quando fosse... embora.

Nesse momento, ela levanta os olhos e eu perco completamente o rumo. Nossas respirações ficam ofegantes, as pupilas dela, dilatadas. Estamos tão perto que posso quase sentir as batidas do seu coração.

– Rafe... – ela fala meu nome, e eu me aproximo ainda mais. Não sei o que acontece comigo. Perco a razão e tudo que penso é em colar minha boca na dela.

– Jenny... – eu falo, sentindo-a tão afetada pela eletricidade ao nosso redor quanto eu. Nossos olhos estão presos um no outro. E tudo que eu preciso fazer para beijá-la é baixar a minha cabeça na direção dela. E é isso que faço.

Eu não sei o que eu esperava sentir com nosso beijo, mas nada que imaginasse me prepararia para o sentimento desesperado que me tomou. Era como se estivéssemos num trem desgovernado, prestes a bater, e não pudéssemos fazer absolutamente nada.

Não foi um beijo romântico, nem mesmo suave. Não. Era o beijo de dois amantes saudosos, que não conseguiam se manter afastados um do outro.

A muralha ao redor de Jenny caiu completamente, e o que eu tinha em minhas mãos era uma mulher quente e macia, que se encaixava perfeitamente nos meus braços.

Senti suas mãos pequenas correrem por minhas costas, enquanto eu a apertava em meus braços e nosso beijo se intensificava.

Minhas mãos parecem ter vida própria e sobem pelas suas costas, alcançando seu pescoço até chegarem em seu cabelo macio. Seguro-o, puxando um pouco, e o resultado é como uma descarga elétrica de cem mil volts. Jenny geme contra mim e perdemos completamente o controle. Eu a puxo para mais perto ainda, soltando seu cabelo, e trazendo suas pernas contra o meu corpo.

Ela se enrola em mim, nossos corpos colados, boca contra boca, as mãos dela em meu pescoço, enquanto uma das minhas mãos segura sua bunda; a outra puxa seu cabelo.

Eu a levo em direção à minha mesa e meu único pensamento é que preciso tê-la. E tinha que ser naquele momento. Ela se agarra ainda mais em mim, conforme cruzo a sala, gemendo baixinho quando mordo seu lábio de leve. O som primitivo tem o poder de abalar meu controle, e tudo o que eu quero é arrancar suas roupas e fazer amor com ela.

Minha mesa está repleta de coisas, documentos e objetos do bar, mas eu não penso duas vezes. Solto seu cabelo, e com o braço livre derrubo no chão tudo que estava em cima da mesa. Ela se afasta apenas o suficiente para olhar a bagunça, enquanto eu a apoio sobre a mesa.

Não consigo deixar de tocá-la. Ela está usando uma blusa rosa, que eu puxo para cima, ao mesmo tempo em que ela arranca a minha camiseta. Olho para baixo e sua lingerie me surpreende. Achei que encontraria uma lingerie de algodão de um dia comum, branca, mas o que eu vejo me deixa enlouquecido: ela está usando um sutiã de renda pink, mostrando que a minha garota tímida tinha um espírito selvagem.

Abro o fecho de sua saia clara, puxando-a para baixo e uma calcinha muito pequena, da mesma cor do sutiã, aparece, me fazendo gemer.

– Porra, Jenny. Você costuma andar vestida assim? – pergunto, e ela sacode a cabeça afirmativamente. Vejo um ar divertido em seu rosto e não consigo segurar a curiosidade. – Do que você está rindo?

– De você – ela responde e geme quando eu lambo seu pescoço.

– Por quê? – Minha boca chega à ponta da sua orelha. Eu mordo e chupo, e ela geme mais.

– Porque você xinga quando está excitado. Eu nunca vi você xingar.

–Vou xingar muito mais – respondo, e a empurro contra a mesa. Ela deita, os cabelos escuros espalhados sobre o tampo branco. Eu puxo a calça jeans para baixo e ela arregala os olhos ao ver o volume em minha cueca.

–Você está linda assim, espalhada sobre a minha mesa – eu falo, cobrindo seu corpo com o meu. Minhas mãos não param de correr por seu corpo. Eu puxo as alças do sutiã rosa para baixo, contrastando com sua pele clara, e ela geme meu nome. – Foda, Jenny. Assim eu não vou conseguir esperar muito tempo.

– Não espera, Rafe. Eu quero você. – Sinto seu corpo inteiro arrepiado. Solto o fecho do sutiã e seus seios cheios ficam expostos. Eu contemplo a perfeição do seu corpo, mas ela fica constrangida e tenta se cobrir com as mãos.

Seguro seus pulsos finos para cima, com uma das minhas mãos, enquanto a outra aperta seu seio e brinca com o mamilo.

– Rafe... – ela murmura meu nome e eu recito na minha cabeça uma lista de palavrões. Eu tentava ser um cara educado, mas com ela era impossível segurar.

– Porra, Jenny. Você está me deixando louco. – Eu baixo a cabeça para colocar seu mamilo na boca e ela estremece. –Vou soltar seus pulsos, mas você vai mantê-los para cima, até que eu deixe você baixar.

– Oh, Rafe...

– Entendido? – eu insisto e ela balança a cabeça.

– Sim, sim – ela responde e eu solto seus braços, minhas mãos tocando o corpo dela o tempo todo, chegando até a calcinha. Olho mais para baixo e vejo suas pernas enroscadas ao meu redor, e não há filho da puta no mundo que me faça soltá-la agora. Não tenho dúvidas. Seguro a lateral com força e rasgo aquele pequeno pedaço de pano.

– Rafe! – ela me chama olhando para baixo, enquanto estou concentrado no outro lado.

– Oi.

– Você rasgou minha calcinha? – ela pergunta, parecendo chocada.

– Sim. Vou rasgar o outro lado agora. – eu puxo com força e aquele pedacinho de pano se desprende. *Yeah!* – Não fique aborrecida. Eu compro outra para você.

– Oh, Deus! Você parece um daqueles CEOs dos livros que a Julie me empresta – ela fala, e eu não faço ideia do que está falando.

– Jura? – pergunto. Meu dedo toca em suas dobras e ela quase dá um pulo.

– Ohhh... – Os olhos se fecham e ela geme.

– Isso é bom ou é ruim? – eu pergunto, concentrado em estimular o seu clitóris com dois dedos.

– Isso é ótimo... *ohhh*... Rafe... – ela fala, gemendo meu nome, e eu sinto que ela está pronta. Não consigo mais segurar o desejo de estar dentro dela. Ela roubou a última gota de autocontrole que eu tinha quando olhei para baixo e vi que ela estava completamente depilada.

– Puta merda, Jenn... – Sinto que estou ficando mais desbocado a cada minuto. – Você depilou tudo? Você quer me matar.

– Não gostou? As meninas me levaram. – Seu rosto ruboriza e tenho a certeza de que preciso tê-la. Naquele exato momento.

– Se eu gostei? – Pego a mão dela e levo até meu pau, para que ela sinta o que está fazendo comigo. Seu toque é tão suave, mas ao mesmo tempo tão cheio de desejo, que eu quase gozo só com ele. – Você é perfeita, Jenny. E eu preciso ter você, agora. Não posso mais esperar – falo, e ela imediatamente, sem que eu precise pedir, puxa minha cueca para baixo, deixando meu pau dolorido livre da pressão.

Ela o toca levemente, parecendo ter borboletas nas pontas dos dedos, mas eu já havia passado do ponto de conseguir resistir. Mais um toque desses e eu me envergonharia diante dela.

– Baby, preciso de você. Agora – falo, e ela balança a cabeça, assentindo e gemendo baixinho. Sua mão segura meu eixo, levando-me para dentro dela.

Paro alguns segundos, tentando recuperar o fôlego e a concentração. Nossos olhos se prendem e eu vejo fogo puro refletido em seu olhar. Estar dentro dela, com a visão dela esparramada em minha mesa, seria algo inesquecível.

Começo a me movimentar devagar, tentando prolongar ao máximo o ato, mas Jennifer me faz perder o controle.

Ela segura meu cabelo com uma mão e meu quadril com a outra, apertando, enquanto geme no meu ouvido. Nunca pensei que ela fosse tão falante durante o sexo.

– Mais, Rafe. Está tão gostoso. Eu não quero que você pare nunca mais.

– Porra, Jennifer. Você está me deixando louco – falo, acelerando os movimentos. Percebo o momento exato em que o corpo dela se prepara para atingir o auge. Sua respiração se acelera, ela estica a coluna, suas mãos me agarram com mais força. Meu corpo entra e sai do seu, cada vez com mais velocidade e intensidade, e ela começa a gemer meu nome.

– Rafe, eu... não estou... não aguento – ela fala, enquanto meus movimentos aceleram.

– Jenny? – eu a chamo e ela abre os olhos, olhando para mim de forma lânguida, prestes a gozar. – Junto comigo, ok? – eu pergunto e ela balança a cabeça concordando. Seus olhos se fecham e eu a chamo de novo. – Jenny? Olhos em mim – eu falo e seus olhos castanhos se arregalam. – Quero ver você gozar. Não feche – eu falo e ela concorda. Movimentos ainda mais rápidos, até que puxo seu cabelo, ela começa a fechar os olhos. – Jenny, olhos. *Agora* – eu falo e nós dois gememos juntos, alto, e um orgasmo poderoso toma conta de nossos corpos.

Caio por cima dela, nossos corpos suados. Não tenho como negar que temos uma grande conexão, e que eu daria o meu melhor para corresponder às suas expectativas.

Ela é tudo o que eu imaginava encontrar em uma mulher: inteligente, responsável, delicada... Ótima mãe e, com certeza, seria uma ótima companheira, com seu jeito meigo e apetite sexual de tigresa.

Sorrio para ela, mas nesse momento noto que tenho problemas no paraíso.

Seu olhar está cada vez mais distante e, quando ela fala, sua voz é fria como gelo.

– Nós não usamos camisinha, Rafe. – Seus olhos se fecham e ela inspira antes de abri-los novamente. – Foi uma irresponsabilidade de nossa parte.

– Ei, linda. Tudo bem. Eu estou com você – falo, mas Jenny parece ainda mais aborrecida.

– Isso foi irresponsável. Oh, céus. Não posso acreditar que deixei você não usar preservativo – ela diz, a decepção refletida em sua voz.

– Jenny...

– Não, Rafe. – Ela me empurra de cima dela e se levanta, procurando suas roupas. Começa a vestir a blusa, quando eu pulo da mesa e seguro sua mão. Ela se volta para mim, mas seus olhos são uma verdadeira geleira. – Isso nunca mais pode se repetir – ela fala, e eu me assusto.

– O quê? Jenny?

– É isso mesmo que você ouviu. – Ela veste a saia enquanto fala comigo. – Vamos esquecer tudo isso. Somos apenas vizinhos. Não quero nunca mais tocar nesse assunto.

– Porra, Jennifer, você não está sendo razoável. – Eu tive o melhor sexo da minha vida e ela dizia que não poderia se repetir? – Vamos conversar, baby.

– Não, Rafe – ela fala, levantando as mãos para que eu não a tocasse. – Perdi a noção das coisas. Eu sou mãe, tenho uma criança em casa que depende cem por cento de mim. Eu não deveria estar aqui com você, dessa forma. Eu me deixei levar...

– Jenny, o fato de você ser mãe não impede que você fique comigo, *porra*.

Eu explodo e ela sai, sem olhar para trás.

Zach

– Puta merda! – eu e Alan falamos juntos quando Rafe para de contar.

– Desde então, tentei ligar, mas ela não me atende. Aí, eu vim para cá, e meu amigo Jose Cuervo está me fazendo companhia. – Rafe vira mais uma dose e se abraça à garrafa.

– Você está bebendo Jack Daniels, não Jose Cuervo. Acho que estamos mais bêbados do que imaginamos – falo. Rafe olha para o rótulo com uma expressão confusa e Alan ri.

– Tive uma ideia! – Alan salta do seu banco com um pulo, pega a carteira e o celular, e se encaminha para a porta.

– Ei, aonde você vai? Que ideia é essa? – Rafe pergunta, e me cutuca para irmos atrás dele.

– Vou fazer uma tatuagem nova.

– Bêbado? – Jason, nosso barman pergunta, parecendo devastado demais com nossos problemas. Ou nossa bebedeira maluca.

– As melhores são feitas assim. Quem me acompanha? – ele pergunta, esticando o braço para frente.

– Eu vou! – Rafe fala e coloca a mão em cima da dele.

– Eu também! – Sigo o exemplo, completando uma espécie de cumprimento dos três mosqueteiros. Fazemos um grito de guerra bêbado, pelo menos é o que parece, e seguimos Alan em direção ao estúdio de tatuagem.

A noite seria, no mínimo, animada.

Capítulo dezoito

Jo

Abro, pela segunda vez naquela noite, a porta do apartamento de Zach. Depois que Daniel saiu lá de casa, coloquei um vestido preto justo com um saltão, arrumei meu cabelo e fui até o apartamento dele, mas estava vazio.

Então, segui para o After Dark, imaginando que ele estivesse trabalhando, mas Jason, o barman de hoje, disse que ele, Rafe e Alan saíram juntos há algumas horas. Resolvo voltar para seu apartamento e esperar.

Acendo o abajur, deixando a casa a meia luz. Vou até a cozinha, sirvo um pouco de vinho em uma taça e me encosto na bancada. Enquanto bebo, penso nele e nas mudanças pelas quais minha vida passaria.

Deixo a taça em cima da pia e vou até a sala. Pego meu *e-reader* na bolsa e resolvo ir para o quarto dele, me acomodar na cadeira confortável que tem ali e ler um pouco, enquanto ele não chega.

Procuro na biblioteca algum livro que eu ainda não tenha lido e sigo para o quarto. Chego na porta e levanto o olhar, me deparando com uma cena inesperada: Zach está lá, deitado de bruços, nu, em sono pesado.

Minha primeira reação é tirar a roupa e me juntar a ele na cama, mas o medo toma conta do meu corpo. E se ele não me quiser mais? Seria no mínimo constrangedor deitar sem roupas ao lado dele se quando ele acordasse dissesse que não quer mais ficar comigo.

Só o pensamento de Zach me deixar faz com que meu estômago fique embrulhado. Respiro fundo e tenho uma ideia melhor. Vou vestir uma camisa dele, assim não fico tão exposta e também não amasso o meu vestido, caso precise sair correndo amanhã.

Abro seu guarda-roupa e pego uma camisa branca de manga comprida. Levo-a ao meu rosto para aspirar seu perfume masculino na peça. Tiro meu vestido justo, coloco sobre a cadeira e visto sua camisa, que bate quase no meio das minhas pernas, fazendo com que eu me sinta abraçada por ele.

Vou até a cama enquanto dobro as mangas, sem tirar os olhos dele. Quando estou prestes a me deitar, a luz da lua que atravessa a janela ilumina seu corpo perfeito, me mostrando algo que eu não tinha visto até aquele momento. Algo coberto com um filme transparente sobressai em suas costas.

Eu me aproximo do seu lado da cama, meus olhos percorrem seu corpo esculpido, e o examino com mais cuidado. No lado esquerdo das suas costas tem uma única peça de quebra-cabeça, pintada num azul muito vivo.

Fico, a princípio, um pouco chocada por ver aquele corpo tão lindo marcado. Mas, olhando novamente, a tatuagem azul parece tão certa e tão... perfeita. A iluminação precária não me permite enxergar direito, mas parece que tem algo escrito lá dentro.

Pego meu celular para iluminar. Sem acordá-lo, aponto para o desenho em suas costas. O que leio desperta lágrimas em meus olhos de emoção, de nervoso, de... amor. Em uma bela letra cursiva, muito parecida com a letra dele, estão escritas apenas duas letras, que têm o poder de transformar tudo dentro de mim:

Jo

Se eu ainda tinha alguma dúvida sobre os meus sentimentos por esse homem, elas acabaram ali, naquele momento, vendo o desprendimento dele e sua demonstração de afeto de uma forma tão definitiva. Não sei o que o levou a escolher exatamente uma peça de quebra-cabeça, mas ela parece se encaixar nele perfeitamente. Aproveito que estou com meu celular na mão e tiro uma foto da tatuagem, ajustando o flash para que ela possa aparecer, e mando por mensagem de texto a George, que responde imediatamente.

O que é isso, docinho? Zach? :O

Sim, o Sr. Delícia tatuou meu nome nas costas. Pode acreditar?? :O :O

Uau! Ele viu você tirar essa foto?

Não. Ele está dormindo. Não sei o que faço.

Jo, meu bem, sobe nele, vira ele de frente para você e demonstre o quanto ele te deixou feliz. Eu não acredito que tenho que ensinar até isso!

OMG! George!!

Anda! Xô xô xô! Vai cuidar do seu homem. Srta. Eu-tenho-namorado-com-meu-nome-nas-costas. Hahahahahaha

Ok. Te amo, rabugento.

Love you, princess. <3

Guardo meu telefone na bolsa, pego o iPod e ligo no som do quarto. Passo pelas músicas, procurando aquela que é perfeita para o momento. Minhas mãos estão trêmulas, minhas pernas bambas, mas não vou recuar agora. Eu tenho certeza de que Zach é o homem da minha vida e, pela tatuagem, o sentimento é recíproco.

Finalmente, encontro o que estou procurando. A voz doce de Shania Twain começa a cantar "When you kiss me", e sua letra é perfeita para o momento.

Desabotoo a camisa dele que acabei de vestir e a deixo cair no chão. Sigo para a cama completamente nua.

Subo na cama e vou engatinhando por cima de Zach. Até que chego perto da *minha* tatuagem e abro um grande sorriso. Beijo as suas costas, tendo o cuidado de evitar o local próximo ao desenho, que deve estar dolorido. Vou espalhando beijos até chegar em sua orelha, e então mordo a pontinha e chupo, para depois assoprar. Mesmo dormindo, Zach se arrepia embaixo de mim, e eu sei que estou indo pelo caminho certo.

Saio de cima dele, empurro seu corpo de costas para a cama, e olhá-lo me faz perder o ar. Meu Sr. Delícia é perfeito. Corpo definido, forte, duro. Ele é a personificação do homem dos sonhos de toda mulher. E é meu. Finalmente.

Eu continuo dando beijos em seu pescoço, alternando com pequenas lambidas. Vou descendo pelo peito duro, minhas mãos explorando os contornos de seus músculos definidos. O sexo entre nós era sempre tão cheio de fogo e urgência que raramente eu tinha a chance de explorá-lo com a reverência que um corpo feito para o pecado como o dele merecia.

Ouço murmúrios vindos dele e abro um sorriso. Seria uma forma e tanto de acordar depois de uma bebedeira. Sim, eu sabia que ele tinha bebido. Bastante. Jason não perdeu a oportunidade de me contar sobre isso também. Além disso, ele cheirava a homem gostoso banhado em tequila!

Eu sigo meu caminho, minha mente concentrada apenas nele, deixando uma trilha de beijos molhados por seu abdômen definido, enquanto minhas unhas corriam pela lateral do seu corpo, fazendo-o gemer baixinho.

Continuo a descer em direção ao sul, e, de forma surpreendente, ele já está duro e pronto para mim. Olho para cima e Zach ainda está de olhos fechados, adormecido. Vamos ver até quando ele conseguirá se manter assim.

Seguro seu membro em minhas mãos, acariciando todo seu comprimento. Passo o dedo na ponta, espalhando seu fluido pré-ejaculatório pela cabeça. Meu último pensamento antes de tomá-lo é que, apesar de todas as nossas transas em público, eu nunca tive uma iniciativa tão ousada como essa. Nossos momentos eram sempre conduzidos por ele, que é o meu macho alfa.

Cruzo os últimos centímetros que separam minha boca de seu pênis e começo lambendo a ponta e abocanhando com meus lábios. Faço movimentos de vai e vem, e sinto o exato momento em que ele acorda. Sem parar o que estou fazendo, olho para cima. Quando ele me vê, surpresa define sua expressão.

– Puta que pariu, Jo – ele xinga e geme, segurando meu cabelo.

Eu o tiro da minha boca, apenas o suficiente para perguntar, olhando para cima, enquanto continuo dando lambidas em sua extensão:

– O que houve, amor? Não está gostando?

– É. A porra. Da imagem. Mais. Incrivelmente. Gostosa. Que eu. Já vi. Na porra. Da minha. Vida – ele responde, marcando cada palavra, enquanto empurra a minha cabeça de volta para seu eixo, segurando-me pelos cabelos.

Meu Sr. Mandão assume o comando e a velocidade dos movimentos. Quando sinto que ele está chegando perto do clímax, ele me faz parar e me puxa para cima, ainda agarrado em meus cabelos. Ele me beija de forma selvagem, até que eu ouço um gemido de dor.

– O que houve, Zach? – eu pergunto, preocupada.

– Não sei. Estou com as costas doloridas – ele me responde e eu abro um sorriso enorme. A tatuagem.

– Não lembra o que você fez essa noite?

– Não. O que eu fiz essa noite? – ele pergunta, confuso, mas nesse momento o meu tesão é maior que a vontade de contar sobre a minha tatuagem nele. Com nossos corpos colados, eu o puxo para cima de mim, para diminuir o atrito e ele não sentir dor.

– Você vai saber depois. Agora quero você.

– Tarada – ele fala, e nós dois rimos.

– Gostoso – respondo, e ele abre aquele sorriso "arranca-calcinha". Seus olhos escurecem, demonstrando que está quase no limite.

Zach me empurra contra a cama e beija minha boca como se quisesse me devorar. Não sei se era a bebida ou a nossa quase separação, mas ele não era o amante controlado a quem eu estava acostumada. Naquele momento, era outro Zach. Um amante, no verdadeiro sentido da palavra, que estava fazendo de tudo para tornar aquele momento inesquecível para nós.

– Jo, princesa – ele me chama afastando sua boca da minha. – Eu vou te comer agora. Não vamos fazer amor, ok? Vou fazer amor com você mais tarde. Mas, agora, você vai ser minha, literalmente.

Eu concordo, com um balançar de cabeça. Ele abre ainda mais minhas pernas em cima da cama. Seus lábios grudam nos meus e eu mal tenho chance de me preparar para sua investida, quando o sinto me preencher com seu comprimento, enquanto ele segura com força meu quadril.

Ele desliza dentro e fora do meu corpo, em movimentos rápidos mas deliciosos, e sinto o clímax se formando em meu ventre, arrepiando meu corpo da cabeça aos pés.

– Mmmm... Oh, Zach.... Eu vou...

– Princesa – ele me chama com sua voz de comando, e eu abro meus olhos, lânguidos do prazer que está se formando em meu corpo. Ele acelera a velocidade enquanto nossos olhos estão presos um ao outro, até que fala bem baixinho: – Agora, princesa. Goza comigo.

Ele não precisa repetir seu pedido. Meu corpo entra numa espiral de prazer, e a sensação que eu tenho é a de que, se ele não estivesse me segurando, eu teria caído no chão, sem controle nenhum sobre o meu corpo.

Zach também chega ao auge, despencando seu corpo em cima de mim, respiração pesada, cabelo bagunçado e aqueles olhos que diziam tantas coisas.

Ele me puxa num abraço apertado, e ficamos assim, abraçados, respirando juntos, em silêncio.

– Essa foi a melhor foda de reconciliação que já tivemos – ele fala, e nós dois rimos.

– Quem disse que eu estou me reconciliando com você? – pergunto, e ele me olha assustado. – Estou apenas usando seu corpo delícia para saciar meu apetite.

– Corpo delícia, é? Vou te mostrar o que acontece com mocinhas impertinentes como você – ele fala, me puxando para cima do seu corpo e soltando mais um gemido.

– Porra... – ele fala e a curiosidade fala mais alto. – Princesa, o que é isso que está doendo e coçando tanto? – Ele vai passar a mão, mas eu o seguro.

– Não passa a mão – falo e começo a me levantar.

– Aonde você vai? – Ele me segura pelo braço, e eu abro um sorriso para tranquilizá-lo.

– Vou pegar meu telefone. Vou te mostrar o que está te incomodando. – Eu levanto e ele me olha desconfiado. Pego o celular na bolsa e abro a foto do seu quebra-cabeça.

– Não sei o que houve, mas parece que uma peça desencaixou – falo, rindo, enquanto entrego o celular. Não desgrudo meus olhos dele, querendo ver sua expressão ao olhar a foto da tatuagem, sentindo um frio na barriga, preocupada caso ele se arrependesse.

Primeiro ele demonstra surpresa, depois se lembra e, logo em seguida, abre um grande sorriso.

– Acho que você está enganada.

– Enganada?

– Sim. Não tem nada desencaixado. Na verdade, essa aí era a peça que faltava para que eu ficasse completo – ele fala, com um sorriso no rosto, colocando meu celular na mesa de cabeceira.

Se algum dia alguém me dissesse que eu poderia sentir algo como o amor tomando conta do meu corpo, me fazendo quase levitar, eu teria rido e dito que essa era a maior besteira que eu já ouvira na vida.

Mas era como eu me sentia naquele momento, quando Zach falou que *eu* era o que faltava para completá-lo. Era um sentimento de felicidade tão intenso que transbordava por todo o meu corpo, como se o meu coração não tivesse espaço suficiente para guardar a emoção.

Eu não consigo falar nada. Nada parece bom, ou ainda especial o suficiente, para dizer a esse homem, tão generoso e tão importante na minha vida, após ele me dar um presente como esse. A certeza de estar com alguém que realmente te completa é indescritível.

– O gato comeu sua língua, princesa? – ele pergunta, com um sorriso de menino.

– Zach... eu nem sei o que falar – digo, e ele me puxa para seus braços e deita comigo na cama.

– Que tal começar falando se você decidiu assumir o nosso relacionamento? – ele sugere, acariciando meus cabelos, enquanto estou deitada contra seu peito. Respiro fundo e começo a falar.

– Zach, me desculpe! Por ter sido tão injusta e imatura. E por ter agido como se você não fosse bom o suficiente para mim – digo num só fôlego. – Eu amo você. Amo muito. Acho que nunca senti por ninguém metade do que sinto por você.

As mãos dele não param, mas sinto seu corpo estremecer um pouco.

– Eu conversei com Daniel. E com George e Livy – digo sorrindo. – E meus pais.

– Seus pais? Jura? – Ele está completamente surpreso.

– Sim. Liguei para minha mãe. Ela disse que estava só esperando a gente assumir para começar a cobrar mais netos. – Nós dois rimos abraçados, e depois que eu me dei conta do que falei, fico preocupada. – Zach, amor, eu não estou te apressando, viu? Eu só quero estar com você – explico rapidamente, e ele me aperta em seus braços.

– Eu sei, princesa. Você não tem que se preocupar. Eu também te amo, Jo. Você é a luz da minha vida. Se você não voltasse, não sei o que faria.

Ele me vira de frente e me beija suavemente. O nosso beijo é completamente diferente dos outros beijos que trocamos até hoje. É repleto de amor. De respeito. De promessas.

O beijo acaba e ele nos acomoda na cama. Abraçados. Colados um no outro, me fazendo ter certeza de que ali era, realmente, o meu lugar.

– Vamos descansar, meu amor? Eu estou com algumas ideias para nós dois, mas ainda bêbado demais, neste momento, para colocar em prática.

– Bêbado? – E se ele mudasse de ideia amanhã?

– Estou bêbado, mas consciente. Eu não vou esquecer que você disse que me ama quando acordar amanhã. – Ele parece adivinhar o que se passa em minha mente e eu dou uma risada.

– Ainda bem. – Dessa vez é ele quem ri. – Mas por que vocês beberam tanto assim? Jason me disse que você, Rafe e Alan deram um belo prejuízo no estoque.

– Nós bebemos em honra às mulheres. A esses seres enlouquecedores, mas sem os quais não conseguimos viver – ele diz, e nós dois rimos.

Nós nos acomodamos para dormir. Quando estou quase pegando no sono, não resisto em falar para ele, mais uma vez, o que eu sinto.

– Eu te amo, Zach.

– Não mais do que eu, princesa.

Capítulo dezenove

Zach

Acordo com a luz do sol batendo no meu rosto. Abro os olhos e sinto como se estivesse num navio. Tudo roda.

Eu fecho os olhos novamente, e aos poucos a lembrança da noite anterior vai se formando na minha cabeça. E eu não seguro meu sorriso. Oh, Deus. Até sorrir faz minha cabeça doer.

Olho para Jo, dormindo como um anjo abraçada comigo, e lembro da minha surpresa ao acordar com a visão dela nua em cima de mim. Foi a coisa mais excitante que ela já fez comigo, durante todo esse tempo em que estamos juntos.

Sinto um incômodo nas costas e me lembro da tatuagem. Não sei onde arrumei coragem para fazer aquilo. É incrível o que a bebida faz. Mas a ideia do Alan parecia perfeita: eternizar na minha pele a mulher que balança o meu coração. Quando o tatuador me perguntou qual o desenho, eu não tive dúvidas. Uma peça de quebra-cabeça azul, com o nome dela escrito no meio.

Rafe perguntou-me o significado daquilo e eu não tive dúvidas: ela era um pedaço de mim. A parte que eu nem imaginava que estava perdida. Era o meu encaixe perfeito, como um quebra-cabeça, que quando desmontado não faz nenhum sentido. Mas, quando as peças são unidas, elas se encaixam criando uma imagem perfeita. Assim como o amor, um quebra-cabeça é difícil de montar, de encontrar a ponta certa para cada encaixe. E eu tinha encontrado em Jo a mulher perfeita para mim.

Olho para ela novamente e uma ideia se forma na minha cabeça. Agora que tínhamos nos acertado e ela finalmente contou para todos que estávamos juntos, eu não iria mais deixá-la escapar.

Levanto da cama, devagar para não acordá-la, e vou até o guarda-roupa. No caminho, vejo uma camisa branca no chão e abro um sorriso. Não importa quantos baby-dolls ou roupas para dormir ela tivesse, ela sempre roubava uma camisa. Pego a camisa do chão, coloco em cima da cadeira e abro a porta do armário, indo direto para a última gaveta. Depois de encontrar o que procuro, fecho a porta devagar e vou até o banheiro em busca de um analgésico.

Na volta, entro devagar no quarto, sem fazer barulho. Jo ainda está dormindo tranquilamente, o que vai facilitar muito meu plano. Me aproximo de leve e faço os preparativos para a surpresa. Ela ficou tão esgotada na noite passada que sua única reação é um suspiro mais profundo.

Eu me afasto olhando para a cama, e a visão que tenho dela é impressionante. Linda, os cabelos espalhados sobre o travesseiro, nua, com os braços levantados e amarrados na cabeceira, com a minha gravata vermelha. Não sou um desses caras com fetiche por BDSM, mas nós dois adoramos realizar fantasias e experimentar coisas novas. Sei que ela ficará tão excitada que não terá coragem de me negar absolutamente nada.

Com um sorriso no rosto vou para a cama e começo a acariciá-la. Levanto sua perna direita, espalhando beijos por toda sua extensão e mordiscando na altura da coxa. Ela começa a suspirar, e falta muito pouco para ela acordar de vez.

Continuo percorrendo seu corpo, arranhando-a com a minha barba por fazer, mordendo e beijando cada pedaço que surge no meu caminho. Desvio do seu centro – sei que se eu a tocar lá, ela vai acordar imediatamente e já vai estar pronta para mim.

Eu passo a língua por toda a extensão da sua barriga, e ela começa a se arrepiar. Olho para cima e a minha princesa está de olhos sonolentos abertos.

– Bom dia – falo sorrindo, e continuo meu caminho.

– Oh... bom dia. Que jeito adorável de acordar – ela fala rindo, até que percebe algo errado. – Zach, você me amarrou? – Ela tenta se virar para saber o que a está prendendo à cama.

– Sim – respondo sorrindo, chegando aos seus seios.

– Por quê? – Pelo olhar desconfiado, ela nota que estou planejando algo.

– Porque eu quero te dar prazer? E porque assim você vai concordar comigo com mais facilidade? – Faço a minha melhor cara de Gato de Botas ao falar, dando pequenas mordidas nela.

– Meu amor, você não precisava me amarrar para me pedir qualquer coisa. Bastava falar – ela responde, ficando ainda mais arrepiada à medida que vou me aproximando do pescoço.

– Ah, mas assim é muito mais... divertido – falo, lambendo toda a base do seu pescoço. Ela joga o pescoço para trás e geme, até que eu chego em sua boca. Antes de nossos lábios colarem um no outro, ela se deixa vencer pela curiosidade.

–Você não vai me perguntar o que quer saber?

– Daqui a pouco, linda – eu respondo e a beijo.

Toda a intensidade e a sensualidade daquele momento a afeta tanto quanto a mim. Eu já estou duro, pronto para mergulhar nela e tentar convencê-la de que poderia ser assim todos os dias. Bastava ela aceitar.

Ao mesmo tempo em que a minha língua invade sua boca, explorando o sabor do seu beijo, afasto suas pernas o suficiente para poder investir contra ela.

– Zach! – ela geme meu nome, arregalando os olhos. Eu sorrio e capturo sua boca de volta para a minha.

Nossos movimentos são selvagens e eróticos. Acho que nunca fizemos amor de um jeito tão primitivo e enlouquecedor. Eu acelero no vai e vem e, quando sinto que ela está muito próxima do auge, pergunto em seu ouvido:

– Casa comigo?

– Oi? – Ela abre os olhos assustada e eu diminuo a velocidade. – Zach? O que você está fazendo? – ela pergunta e eu vou bem devagar, enquanto respondo.

– Pedindo você em casamento. – Abro meu melhor sorriso inocente.

– Ohh... mas agora? E por que você está parando?

– Princesa, estou esperando uma resposta. É uma pergunta importante – respondo, e Jo parece ter perdido o rumo completamente. Sinto vontade de soltar uma gargalhada, mas me controlo.

– Não, amor, não para. – Ela tenta voltar a se movimentar, mas meu corpo é muito mais pesado que o dela, e ela não consegue. – Oh, Zach, por favor. Eu estava quase.

– Eu sei. Mas eu só te dou um orgasmo se você aceitar meu pedido. É uma troca justa.

– Oh. Meu. Deus. Por isso você me amarrou. Oh, Zach. Você não vale nada – ela fala e começa a rir, ao mesmo tempo em que tenta prender o riso. Eu me movo um pouco mais, dentro e fora quatro vezes. Ela relaxa, novamente aproveitando, mas eu paro. De novo.

– Puta merda, Zach. Você não pode fazer isso comigo.

– Isso o quê, princesa? Te pedir em casamento?

– Não. Me impedir de gozar.

– Não estou impedindo. Só estou aguardando uma resposta. E dando um incentivo – falo, e o olhar que ela me dá quase faz com que eu sinta medo. Quase.

– Zach, se eu não estivesse amarrada na cama, eu te daria um soco.

– Eu sei. Por isso te amarrei. – Ela não consegue segurar a risada e eu a acompanho. – Casa comigo, princesa. Pode ser melhor do que já é, todos os dias. Quero acordar com você – volto a me mover –, dormir com você. Quero dividir os momentos felizes. E nunca mais estar sozinho. Quero te dar todos os orgasmos que você quiser. – Eu paro de me mover. – E te deixar louca. Todos os dias.

– Se eu não aceitar você não vai terminar isso, né? – ela pergunta com uma risada e lágrimas nos olhos.

– Não. Vou ficar dentro de você para sempre. Você vai continuar amarrada até aceitar. E, se demorar muito, meu pau pode cair, por tesão reprimido. E você vai ser obrigada a casar com um eunuco porque vai ficar com sentimento de culpa. – Nós dois rimos muito com a minha explicação maluca e ela balança a cabeça.

– Pede de novo.

– Johanna, amor da minha vida, casa comigo?

– Sim. Sim, eu caso. – As lágrimas caem e eu dou um beijo cheio de promessas. Afasto meus lábios dos dela, enxugo suas lágrimas e nós sorrimos um para o outro. Quando eu noto que ela está um pouco menos emocionada, volto a me mover de novo. – Ohh... Zach... Que inesperado!

– Eu prometi que, se você aceitasse, te dava o orgasmo. E eu sempre cumpro minhas promessas. – Pisco o olho para ela e a beijo.

O clima entre nós muda e, em poucos segundos, estamos envoltos em uma aura de desejo novamente.

Estamos à flor da pele, afetados pelo momento especial, pelo amor e pelo desejo que sentimos um pelo outro. Estamos quase chegando ao prometido orgasmo e eu me lembro que ela ainda está amarrada. Rapidamente, estico meu braço direito, sem me afastar, e desato o laço que a estava prendendo.

– Pronto, princesa, me abraça, que nós vamos chegar lá juntos – falo, e ela sorri para mim. Um sorriso tão cheio de expectativas e promessas. Sorrio de volta e intensifico os movimentos, enquanto ela me abraça com força.

Um orgasmo intenso toma conta de nós, selando um pacto silencioso de amor, respeito, carinho e diversão pelo resto dos nossos dias.

Despenco sobre o corpo dela, fisicamente exausto, e Jo me abraça, fazendo carinho nos meus cabelos.

Fecho os olhos e uma imagem, que não sei explicar de onde veio, surge em minha mente: Jo, vestida de noiva, entrando numa igreja, enquanto estou no altar esperando.

Junto com essa imagem, vem à minha mente um grande letreiro em neon, e já sei o que tenho que fazer.

– Princesa, vamos levantar.

– Oh, meuuuu.... não, não, não. Estou exausta, por que você quer fazer isso comigo?

– Vamos, preguiçosa, temos um compromisso – eu respondo e fico de pé, enquanto ela enterra a cabeça embaixo de um travesseiro. – Jo, vamos!

– Oh, não, eu não posso pensar em ir a qualquer lugar – ela responde e eu visto a minha calça jeans.

– Levanta, princesa. Temos que sair agora – tento novamente, mas ela não dá nem sinal de vida.

– Para onde você quer ir a essa hora da manhã? Oh, Zach, não são nem oito horas! – ela fala e eu não tenho dúvidas. Ergo seu corpo, tirando-a da cama, e a coloco em meu ombro, indo em direção à porta do quarto, enquanto ela reclama.

– Zach, o que você está fazendo?

– Levando você para o nosso destino. Nós temos compromisso.

– Zach, eu não posso sair de casa nua. É atentado ao pudor – ela fala muito seriamente, como se estivesse explicando algo a uma criança. Olho para a bunda nua dela, em cima do meu ombro, e me dou conta de que realmente não posso tirá-la de casa assim. Deus me livre alguém a vir sem roupa além de mim.

Coloco-a de volta em cima da cama e falo, antes de ela levantar:

–Você tem cinco minutos para vestir uma roupa, pentear o cabelo, calçar um sapato e pegar sua bolsa com documentos.

– Mas, Zach... – ela começa e eu a interrompo.

– Ou da próxima vez vou roubar seus orgasmos. E, em vez de ser amarrada, vai levar umas palmadas no traseiro.

– Zach!

– Seu tempo está passando. *Tic tac. Tic tac.* – Ela levanta da cama correndo, pega o vestido na cadeira e vai direto para o banheiro se arrumar. Pego uma camiseta no armário e calço um tênis pensando que, finalmente, ela seria minha. De verdade.

Capítulo vinte

Jo

Zach dirige o carro com um sorriso do Gato de Cheshire, e eu tenho certeza que ele está aprontando. Já perguntei várias vezes para onde estamos indo, mas tudo o que ele faz é sorrir e dizer que eu vou ver. *Droga.* Vou tentar mais uma vez.

– Amorzinho, conta pra mim, para onde estamos indo? Prometo que deixo você fazer amor comigo onde você quiser, se você me contar. – Ele solta uma gargalhada, solta a mão direita do volante e entrelaça seus dedos nos meus, levando minha mão até seus lábios. Ele conseguia ser sexy e suave, tudo ao mesmo tempo.

– Você sabe que esse seu acordo é uma porcaria, né? – ele pergunta rindo.

– Ohh... por quê? – Agora estou ofendida.

– Porque já posso fazer amor com você onde eu quiser, sem necessidade de acordo. Você não teria coragem de me dizer não. – Ele para no semáforo e volta aqueles olhos azuis para mim, fazendo com que eu me derreta numa grande poça.

– Droga. – Não aguento e começo a rir da cara que ele me faz.

O sinal abre e ele segue com o carro. Olho ao redor, tentando descobrir para onde estamos indo, até que ele pega o caminho do aeroporto. Será? Oh. Meu. Deus!

– Zach? Estamos indo para o aeroporto?

– Parece que sim – ele responde, um sorriso ainda maior.

– Para onde estamos indo?

– Para o aeroporto, baby. – Além de tudo, quer me fazer de boba. Dois podem jogar esse jogo!

– E o que vamos fazer lá?

– Princesa, geralmente pegamos aviões em aeroportos – ele responde, e já nem disfarça mais a risada.

– Você não vai me dizer, né?

– Não. Você vai ver quando chegarmos lá.

Finalmente, ele para o carro no estacionamento. Nós descemos e seguimos até o terminal de mãos dadas.

– Zach? Nem malas nós trouxemos. – Mais uma tentativa.

– Não vamos precisar. Vamos comprar lá as coisas que usaremos. – Meu coração bate mais forte à medida que nos aproximamos do balcão da companhia aérea.

A atendente olha para Zach boquiaberta e, ao observá-lo com calma, consigo entender o porquê. Ele é o típico cara que deixa a gente sem palavras. Sua cabeça está uma bagunça sexy, ostentando um verdadeiro cabelo pós-foda. Os olhos azuis brilhando. Barba por fazer. Camiseta preta justa, marcando cada pedaço daquele corpo perfeito. E calça jeans desbotada, que valoriza sua forma de Adônis. A moça está, basicamente, babando. Quando chegamos ao balcão, ele abre um sorriso enorme.

– Olá! Eu queria comprar passagens.

– Claro, senhor. Qual destino?

– Las Vegas. – Jesus, Maria e José! Vegas?

– *Vegas?* – eu não consigo segurar a pergunta, e ele olha para mim, sorrindo, enquanto explica.

– Sim. Agora que você aceitou, não vou te dar tempo para mudar de ideia. Já esperei demais. – A atendente olha para mim como se estivesse pensando que sou louca. – Precisamos de duas passagens para agora. E reserva para doze pessoas, sendo um deles menor de cinco anos. E quero duas saindo de Atlanta – ele pede à atendente, que o olha tão assustada quanto eu, e estende seu cartão de crédito preto.

– Zach, pra que tantas passagens?

– Para os nossos convidados. Você acha que eu impediria que eles participassem do nosso casamento? George e Daniel me matariam se isso acontecesse. – Pronto. Agora é real. A palavra de nove letras foi dita abertamente.

– Vamos casar? Hoje? Em Vegas? – Assustada é pouco para o que estou experimentando.

– Sim, princesa. Vamos nos casar, hoje, em Vegas, na companhia da nossa família. Se você quiser fazer uma cerimônia aqui, mais para frente, não tem problema. Mas não vou passar mais uma noite sem uma aliança no seu dedo.

– Ohh... – a atendente suspira, e eu também.

– Ok – eu falo baixinho, minha mente girando num caleidoscópio. Quem poderia imaginar que em 24 horas minha vida mudaria tanto? E eu deixaria de ser um caso quente para virar uma esposa? – Amor, posso avisar o George? Queria que ele levasse algo para mim.

– Claro. Ligue para Livy e Jenny também. Vou ligar para os rapazes. E para os seus pais.

– Sério?

– Claro. O certo é que eu fale com eles, mesmo que a gente esteja fugindo para Las Vegas – ele explica, com uma risada feliz.

Afasto-me um pouco do balcão, pego o celular e ligo para George.

– Docinho! O que você está fazendo acordada tãaoo cedo? – George atende animado.

– Oh, George. Estamos no aeroporto. – Respiro fundo, me preparando para o interrogatório.

– Aeroporto? Você vai viajar? Nem me avisou para eu ajudar a escolher as roupas! Por falar nisso, aonde você vai? Onde está Zach? – Ele ativa sua metralhadora verbal.

– George! Respira!

– Oh... desculpe – ele pede, rindo. – Mas a senhorita poderia responder às minhas dúvidas?

– Vamos viajar, não te chamei antes porque nem eu sabia que viajaria. Estamos indo com a roupa do corpo. Zach decidiu... por impulso, por assim dizer.

– OH. MY. GOD! – ele grita em meu ouvido e depois respira fundo. – Jo, Docinho, eu vou perguntar, por favor responda, ok?

– Ok – eu falo baixinho, sentindo vontade de rir do jeito apavorado dele.

– Jo, para onde vocês vão viajar? Por favor, responda devagar, ok? Meu coração não aguenta tanta emoção de uma vez.

– Vegas – respondo, e ele dá um grito no meu ouvido.

– Beeeen, acorda! É uma emergência!

– George!

– Jo, você está grávida? Por isso estão fugindo para casar? Quantos meses? São gêmeos também? Bennnn! Seremos tios de novo! – Ouço Ben falar algo ao fundo, enquanto George surta.

– George, você pode me ouvir?

– Claro, mamãe do baby Thor.

– Eu não estou grávida. Não estamos fugindo para casar. Quer dizer, estamos, mas não escondido, até porque vocês vão nos encontrar lá.

– Vamos? Jura?

– Se você deixar eu terminar de falar... – Mais um grito no meu ouvido. Jesus! Ele está descontrolado.

– Pode falar, Jo. Vou anotar tudinho!

– Zach vai mandar por e-mail os detalhes da passagem. Vai estar no balcão da companhia aérea, esperando por vocês. Quando nós dois chegarmos a Vegas, ele vai providenciar os detalhes da cerimônia, e eu deveria procurar um vestido, mas preciso fazer algo quando chegar lá. Você pode me ajudar?

– Claro, Jo. O que você precisa. Oh, estou tããããoo nervoso!

– Estou vendo – respondo, rindo. – Pega um papel e caneta para anotar o que vou te passar.

– Prontinho. Já estou mais controlado, pode falar – ele diz, bem mais tranquilo.

– Lembra da Rachel? Aquela minha amiga que tem uma butique na Hollywood Boulevard?

– Claro. Ela é a estilista que fez aquele vestido que você ia usar no Réveillon?

– Isso! Preciso que você vá até lá e peça a ela o vestido do sonho.

– Que sonho?

– Ela sonhou com o modelo de um vestido há um tempo atrás e me mostrou. Desde então, eu a fiz prometer que guardaria para mim. Ele vai ser perfeito para usar em Vegas, George. Peça a ela os acessórios também, e sapatos. Traga algo azul...

– E algo emprestado – ele completa.

– Vou pedir à Julie algo emprestado.

– Ownnn... minhas duas meninas estão crescendo! – George fala, visivelmente emocionado. Ouso apostar que ele está chorando.

– Além disso, preciso que você peça à Rachel o endereço e o telefone da Sarah, em Vegas. Anota o nome, George. Sarah Lee. Ela sabe quem é.

– Okay!

– Assim que você estiver com esse contato em mãos, me mande por mensagem. Vou precisar disso assim que chegar lá.

– Pode deixar. Algo mais?

– Traga Ben e venham com seus ternos mais bonitos.

– Deixa comigo! Devo levar sua mãe para comprar algo?

– Leve-a com você até a loja da Rachel. Julie também. Com certeza ela vai ter alguma coisa bonita para elas. Ah, George! Leve Jenny, Maggie e Livy. Compre algo bonito para elas. Por minha conta.

– Fique tranquila, Docinho. Vamos fazer o que eu mais gosto: compras. Avise ao noivo Thor que estou esperando o e-mail.

– Pode deixar. Tenho que ir, amigo.

– Bom voo. Amo você, linda.

– Eu também te amo.

Desligo o celular e, quando me viro para voltar ao balcão da companhia aérea, vejo meu noivo andando na minha direção com um sorriso feliz. Acho que nunca me senti tão feliz como agora.

– Falou com George, princesa? – Ele me abraça e pergunta no meu ouvido.

– Falei. Ele vai levar as meninas para comprarem roupas. E está esperando o e-mail com as orientações do voo.

– Acabei de mandar. O nosso voo sai em 50 minutos. Temos um tempinho ainda para ligar para seus pais e Danny.

– Meus pais primeiro?

– Com certeza. – Sem tirar o braço que está ao redor da minha cintura, ele beija minha testa e nos leva em direção ao setor de embarque. –Vamos passar logo para o setor de embarque, assim podemos ligar com mais tranquilidade.

Nosso trajeto até lá é rápido, principalmente porque não temos bagagens. Ele nos dirige para o lounge VIP da companhia aérea e nos acomoda numa poltrona confortável, já discando para a casa dos meus pais.

– Alô, Mary? É Zach, tudo bem? – Minha mãe fala algo e ele rapidamente a tranquiliza: – Não, está tudo bem. Mais do que bem, na verdade. Eu preciso falar com você e com Paul, ele está?

"Ela foi chamá-lo", ele murmura para mim. Estou tão nervosa, minhas mãos estão geladas e não param de tremer. Ele nota e segura minhas duas mãos na dele, fazendo carinho com o indicador.

– Olá, Paul. Tudo bem. Você se importaria de colocar no viva-voz? Queria conversar com vocês dois. Obrigado.

Ele respira fundo e começa a falar:

– Eu queria conversar algo importante com vocês dois. Vocês me conhecem há muitos anos e sabem o quanto a família de vocês é importante para mim. Desde que cheguei em Los Angeles e conheci o Daniel, ganhei dois pais substitutos e um irmão que é mais próximo de mim que qualquer outra pessoa. Esperava ganhar uma irmã também, duas com a Julie, mas isso não aconteceu. Em vez de uma irmã mais nova, encontrei a mulher da minha vida – ele fala, olhando para mim.

Começo a chorar, tocada por suas palavras tão sensíveis e emocionantes.

– Nós dois não agimos de forma correta durante um bom tempo, escondendo de todos o que sentíamos, mas não podemos mais segurar. É por isso que estou ligando. Paul, Mary? Gostaria de pedir a mão de Jo em casamento. Eu já pedi a ela, e ela aceitou, mas a bênção de vocês é essencial para mim.

Ele sorri e enxuga minhas lágrimas enquanto ouve o que meus pais estão falando:

– Vocês dois têm a minha palavra de que vou fazer o impossível para mantê-la feliz. – Ele sorri enquanto ouve o que eles falam do outro lado da linha. – Essa era a outra coisa que eu queria falar. Nós estamos no aeroporto. Indo para Las Vegas. Tem duas passagens reservadas para vocês. Eu passei a George todos os detalhes do voo, ele vai organizar tudo com vocês.

– Amor, avise mamãe que George vai levá-la para comprar um vestido.

– Mary, Jo está avisando que George vai levar vocês para comprar um vestido.

"Ela está chorando", ele murmura, e meus olhos se enchem de lágrimas novamente.

– Nós precisamos ir, vamos pegar o voo agora. Ela vai contar tudo, Mary, pode deixar. Obrigado, Paul. Espero vocês mais tarde. Para vocês também. Tchau.

– O que vou contar a ela? – pergunto, curiosa.

– Ela disse que quer saber tudo sobre nós dois. E que já sabia que tínhamos algo, mas não que estávamos tão adiantados.

Ele me dá um beijo carinhoso e se levanta.

– Vou pegar uma água. Quer alguma coisa?

– Traz um café pra mim? Você vai ligar pro Danny?

– Vou, agora.

– Vou ligar pra Julie. Oh, não. Zach, eu vou te matar. – Lembranças da noite anterior voltam com força total.

– O que eu fiz?

– Nunca vou poder contar a ninguém sobre como foi o meu pedido de casamento. Será constrangedor demais. Quando formos velhos e nossa neta perguntar como seu velho avô fez o pedido, não vou poder dizer como foi: me chantageando sexualmente, coibindo meu orgasmo num momento crucial, enquanto eu estava amarrada à cabeceira da cama com a gravata vermelha, que, quando ele usa, me dá vontade de mordê-lo de tão gostoso que fica.

Zach está às gargalhadas com a minha explicação.

–Vou resolver isso – ele fala, entre as risadas, enquanto faço uma carranca, pensando em como explicar à Julie o momento do pedido. – Eu já volto, princesa.

Decido mandar um SMS, assim o risco de falar algo constrangedor é menor.

```
Amigaaaa! Tenho novidades! Estou a caminho
de Vegas com Zach. Você já deve estar sa-
bendo de tudo através de Danny, e eu estou
em falta com você, mas tudo aconteceu tão
de repente... Prometo que conto tudo com
calma depois. George vai te ligar para or-
ganizar a viagem de vocês. OMG! Você pode
viajar? Te amo, irmã <3
```

Imediatamente vem a resposta.

```
Vc vai ganhar um puxão de orelha quando
nos encontrarmos. COMO VC ESTÁ COM O THOR
HÁ TANTO TEMPO E NÃO ME CONTA??? George
acabou de me ligar, estou me vestindo e
Jenny vem me buscar para irmos à loja da
Rachel. Quanto a viajar, nem que eu te-
nha que ir andando para Vegas, estarei aí
entrando como sua dama de honra. Sou sua
dama de honra, certo? Vai ser daquele jeito
que sempre falamos? Eu te amo, querida. Es-
tou com vc para o que der e vier ;) xoxoxo
Julie
```

Ela nem precisava falar que tinha conversado com George – pelo "Thor" no meio da mensagem, eu já sabia.

> Prometo que conto QUASE tudo depois!! Será exatamente como sonhamos. Estou esperando vcs. Bjoooo <3

Respiro aliviada, pensando que posso pular a parte do pedido, ou explicar sem as partes mais apimentadas, quando uma música começa a tocar. Tiro os olhos do celular e, quando olho para frente, minha boca se abre.

Zach está parado na minha frente, com um sorriso engraçado no rosto, ao lado de dois comissários da companhia aérea. Ele está segurando vários papéis brancos tamanho A4, enquanto um dos comissários traz um aparelho de som tocando os primeiros acordes de "You Are My Sunshine", em versão acústica. E o outro comissário segura algo nas costas.

You are my sunshine
My only sunshine
You makes me happy
When skies are grey
You never know dear
How much I love you
Please don't take
My sunshine away

– Zach... – começo, mas ele se ajoelha e começa a mostrar o que tem escrito, virando os papéis um a um. Conforme vou lendo, ele os joga no chão, para que eu possa ler o próximo.

ERA UMA VEZ...

UMA PRINCESA
ENCANTADA QUE
MORAVA NUM
CASTELO.

ELA ERA UMA
PRINCESA LINDA E
MUITO LEGAL, MAS
VIVIA SOZINHA.

ATÉ QUE ELA ENCONTROU O PRÍNCIPE ENCANTADO NUM BAILE...

ELES DANÇARAM A
NOITE INTEIRA.

E, DESDE AQUELE
DIA, SUAS VIDAS
NUNCA MAIS FORAM
AS MESMAS.

ELA TENTOU
ENTREGAR SEU
SAPATINHO DE
CRISTAL PARA
OUTROS NOBRES.

MAS NENHUM DELES
ENTENDIA A
IMPORTÂNCIA
DAQUELE SAPATINHO
NA VIDA DA
PRINCESA.

NUM BELO DIA, ELA DESISTIU DE LUTAR E ACEITOU O PRÍNCIPE DE VOLTA.

MAS TINHA MUITO
MEDO QUE ELE
VIRASSE UM SAPO,
DECEPCIONANDO-A.

(POR MAIS QUE O
PRÍNCIPE TENTASSE
PROVAR QUE A
AMAVA.)

FOI QUANDO UMA
BRUXA MALVADA
SE COLOCOU NO
CAMINHO DOS DOIS.

E ACABOU
FAZENDO-O PROVAR
QUE A PRINCESA
ERA A ÚNICA NA VIDA
E NO REINO DELE.

ELE "ROUBOU" UM PEDAÇO DELA E MANDOU GRAVAR NO SEU PRÓPRIO CORPO.

ASSIM, ELA TERIA
A CERTEZA DE QUE
ELE ERA DELA E
ELA, DELE.

MAS AINDA FALTAVA
UMA COISA.

O "VIVERAM FELIZES
PARA SEMPRE".

PARA ISSO
ACONTECER, A
PRINCESA DEVE
ACEITAR O PEDIDO
DO PRÍNCIPE
ENCANTADO.

E CASAR-SE
COM ELE.

JO, MINHA PRINCESA,
EU TE AMO.

CASA COMIGO?

Estou chocada e emocionada com o que ele está fazendo. Ele está me dando um novo pedido de casamento, romântico o suficiente para que eu possa contar a todos sem precisar expor a nossa intimidade.

E, apesar de nunca ter sido muito ligada a essas ações românticas, que tinham muito mais a ver com Julie do que comigo, ver Zach ali no meio do aeroporto, com uma multidão ao nosso redor, esperando uma resposta, faz meu coração se encher ainda mais de amor por esse homem.

– Sim – eu falo, rindo e chorando ao mesmo tempo. Ele levanta e me abraça, me pegando no colo, enquanto as pessoas ao redor aplaudem.

– Senhor... – um dos comissários o chama. E ele se vira para atender.

– Sim... Oh! É verdade, muito obrigado. – Ele pega um copo de café da Starbucks que estava na mão do comissário. Ele interrompeu nosso beijo para entregar o café? Jura?

Zach ajoelha novamente e pega a minha mão.

– Princesa, eu ainda não tenho uma aliança, mas em poucas horas vamos remediar isso. Então, quero que você use esse anel que eu comprei na loja de conveniência até que ele seja substituído pelo seu anel definitivo.

Ele abre o copo de café e lá dentro tem uma daquelas bolinhas que saem das máquinas a moeda. Ele pega a bola, abre e tira uma "aliança" laranja de plástico, que, por um milagre, cabe no meu dedo.

– Coube perfeitamente, viu? É um bom sinal – ele fala e começamos a rir.

Nesse momento, nosso voo é chamado pelo autofalante. Ele agradece aos dois comissários pela ajuda, que me parabenizam e avisam que seu amigo mandaria o vídeo por e-mail. Só então noto um terceiro rapaz, com a câmera na mão, sorrindo para nós.

– Vamos, princesa. Ou vamos perder o voo. – Nós nos despedimos de todos e vamos abraçados em direção ao portão de embarque.

Depois do embarque, já estamos acomodados em nossos assentos, e eu não consigo segurar a curiosidade.

– Zach, não acredito que você fez aquilo. Como... como foi? De onde você tirou essa ideia? E como o pessoal do aeroporto concordou? – Ele abre um sorriso enorme e entrelaça seus dedos nos meus.

– Quando você disse que ia me matar porque não poderia contar à nossa família como foi o pedido, eu me lembrei de quando Julie foi pedida em casamento por Danny. Nós estávamos no AD, e ela estava contando a história com todos os detalhes, as mulheres em volta dela, todas com os olhos brilhando... daí pensei que você jamais teria esse tipo de momento, porque o meu pedido foi íntimo demais. – Ele acaricia a minha mão, com seu polegar. – Eu não quero que você se sinta infeliz por não ter tido isso. E, apesar de estarmos indo para Vegas, quero que seja inesquecível e romântico para você. Que tenha o mesmo grau de importância que a grande festa que Julie está preparando terá para ela.

Eu não consigo segurar o sorriso ao vê-lo tão preocupado em me agradar.

– E de onde você tirou essa ideia? Foi a coisa mais diferente que eu já vi na vida!

– YouTube! – Ele abre um sorriso enorme. – Eu vi um vídeo há um tempo de um cara que pedia a namorada em casamento com cartazes. Mas tive que improvisar, já que estávamos no aeroporto.

– Oh, querido. Foi lindo demais... E os rapazes do aeroporto?

– Eu fui até o balcão da companhia e mostrei você, mexendo no telefone, com a cabeça baixa. Disse que queria colocar um sorriso em seu rosto e pedi-la em casamento de uma forma memorável, e perguntei se eles poderiam me ajudar. A atendente ficou encantada com a ideia, e pediu para os três rapazes ajudarem. A princípio, eles não queriam, mas um deles fez um acordo com ela.

– Um acordo?

– Sim, ele disse que gosta dela há muito tempo. Ela concordou em sair com ele, já que ele iria me ajudar.

– Assim, fácil?

– Ah, não. Eu precisei fazer a minha cara de Gato de Botas para que ela aceitasse.

– Oh, Zach, você é louco – falo, rindo, quando o avião começa a decolar.

– Por você? – ele pergunta. – Com certeza!

Capítulo vinte e um

Após uma hora de voo, saímos do aeroporto com um carro alugado e seguimos para fazer o check-in no hotel. Zach reservou o Wynn, o melhor e mais luxuoso hotel de Las Vegas.

Nós nos hospedamos na maior suíte, que fica no topo, com a vista de toda a Las Vegas a nossos pés.

O dia seria apertado, então mal fizemos o check-in e nos separamos. Zach iria resolver a questão da cerimônia e terno e eu, teoricamente, compraria um vestido e me arrumaria no salão.

Assim, peguei um táxi para ir ao estúdio de Sarah Lee.

Sarah foi minha colega de colégio. Minha e de Rachel. Ela sempre foi muito alternativa e moderna, e mudou para Las Vegas há alguns anos.

Seu estúdio não é muito longe do hotel, que fica na área mais nobre de Vegas. O táxi me deixa na porta e eu admiro a construção de traços modernos no prédio de dois andares. Na entrada, um rapaz de cabelo moicano e vários piercings me recebe com um sorriso.

– Olá! Eu sou Billy, você tem um horário marcado?

– Na verdade, não. Eu sou amiga da Sarah, e achei que talvez ela pudesse me atender. – Não contei com a possibilidade de ela não ter horário. *Droga.*

– Ohhh.... – ele fala com a mão na boca, me olhando como se eu fosse um ser de outro mundo. – Sarah tem a agenda lotada pelos próximos oito meses... você deveria ter marcado. – Nesse momento, ouço uma voz atrás de mim "expulsar" um cliente.

– Ora, ora! Johanna! Mr. B, por favor, volte mês que vem. Vou atender minha amiga, Johanna.

– Mas hoje era meu dia – o grandalhão reclama, parecendo um menino perdido.

– Você vem aqui todo mês, um a mais, um a menos, não fará diferença. Olhe para ela. Virgem. Não posso deixar passar. – Meus olhos se arregalam e o gigante abre um grande sorriso para mim.

– Você tem toda razão. Eu volto no meu horário mês que vem. Tire uma foto dessa menina depois que você a desvirginar. Quero ver o resultado – ele fala e pisca o olho para mim, que estou vermelha da cabeça aos pés.

– Pode deixar – ela responde, se despedindo dele com um abraço. Em seguida ela se volta para mim, abraçando-me com força, quase tirando meus pés do chão.

– Jo, querida! Quanto tempo! Nem acreditei quando Rachel disse que você vinha.

– Quando decidi fazer isso, não pude pensar em ninguém além de você. Eu jamais deixaria outra pessoa me tocar, Sarah – falo, e sorrimos uma para a outra.

– Billy, não nos interrompa – ela fala para o rapaz na recepção, que concorda com um aceno desconfiado.

Fomos até sua sala e, depois de um breve bate-papo em que conto do meu casamento, explico a ela o que desejo.

– Você tem certeza disso, Jo? Posso fazer e vai ficar incrível, mas eu quero que você esteja certa.

– Eu tenho cem por cento de certeza, Sarah. Vim aqui com esse objetivo. E só confio em você para fazer.

– Ok. Vai ficar incrível! Vamos começar, então.

★

Quase quatro horas depois, paro para comer uma besteira e sigo para o salão do hotel. Consegui fazer uma reserva enquanto estava com Sarah, e chego quase em cima da hora.

Quando explico à recepcionista que vou me casar à noite e que gostaria de fazer o tratamento completo, ela convoca um verdadeiro batalhão para me atender. Passo por salas de massagem onde tenho meu corpo apertado, puxado e esticado para ficar mais relaxada. Tratamento com pedras quentes, reflexologia, depilação e, quando finalmente consigo chegar à manicure, ouço vozes conhecidas chamando por mim.

– Ela está aqui! – grita George, e abro um grande sorriso. Ele está lindo, com blusa polo, bermuda cargo, chapéu panamá e óculos escuros. – Docinho! Estou tããooo empolgado! Nem acredito que estamos em Vegas!

– Oi, querido! Nem eu acredito. – Nós dois rimos e minha mãe se aproxima com Julie, que parece estar com a barriga ainda maior. Logo atrás, Livy e Jenny vêm conversando.

– Onde está Maggie? – pergunto, sentindo falta da menina risonha.

– Rafe ficou com ela – Jenny fala e abaixa a cabeça. – Ele insistiu que eu viesse sozinha, para me arrumar tranquilamente.

Minha mãe se aproxima de mim, me dando um abraço apertado.

– Estou tão feliz por vocês dois. Vocês formam um casal perfeito.

– Eu também estou, mãe. Obrigada por estar aqui. – Sorrio e seguro sua mão, virando-me para Julie, que já se acomodou numa *chaise long*. Um massagista cuida de seus pés. – Amiga, e os preparativos para o casamento de vocês? Vocês marcaram a data?

– Não. Na verdade, conversamos sobre isso ontem à noite. Mal aguento dar cinco passos sem tombar exausta. – Os olhos de Julie se enchem de lágrimas. – Sugeri a ele esperarmos as meninas nascerem. Para eu cuidar de tudo.

George senta na beira da *chaise* e a puxa para um abraço.

– Garotinha, não fique assim. Quando as menininhas nascerem, vamos te ajudar a organizar uma grande festa.

– Julie? Você está bem, não é? Eu digo, de saúde? – pergunto, preocupada. Julie não era uma pessoa de desistir de nada com facilidade.

– Sim, o meu obstetra diz que sim. O problema é que estou começando a ter pressão alta. Além disso, minha estrutura física é pequena demais para dois grandes bebês. Eu me canso com facilidade, minhas pernas doem... minha barriga está tão grande que ela chega 40 minutos antes de mim em qualquer lugar – ela fala e todos nós rimos.

– George, pegou meu vestido? – pergunto, a ansiedade começando a bater.

– Docinho, e que vestido! Ele realmente é um vestido de sonho. Lindo demais! Eu coloquei na minha suíte. Você vai se arrumar lá.

– Mas eu e Zach já fizemos... – George me corta antes que eu tenha chance de terminar de falar.

– Não, não, não! Dá azar o noivo ver a noiva antes da hora. – Livy chega perto de mim e me abraça.

– Oh, chefinha, estou tão feliz por você! – Não aguento e dou uma risada com o "chefinha". – Você e o Thor fazem um casal tão lindo!

– Que Thor? – minha mãe pergunta, visivelmente confusa.

– Aquele do martelo. – Oh, Deus, de novo não.

– E que martelo! – George fala, e todo mundo começa a rir.

– George, deixa o martelo do meu noivo em paz? – eu falo, entre risos. – Acho que devemos dar andamento aos rituais de beleza, antes que percamos a hora.

A manicure finalmente consegue iniciar os trabalhos. Enquanto Julie é levada para um banho de ofurô, minha mãe vai com George até a loja de joias do hotel e Jenny e Livy são levadas para os cabeleireiros.

A tarde passa e eu deixo os profissionais à vontade para trabalharem. Minha única exigência é que o cabeleireiro faça um penteado que deixe meu cabelo completamente preso.

Saímos do salão com a noite caindo, enroladas nos roupões do SPA, direto para a suíte de George. Ao chegarmos no quarto, meu vestido de sonho está esticado sobre a cama. Ele é curto, reto, de mangas compridas, todo feito em renda Battenberg marfim. É um vestido moderno e ao mesmo tempo clássico, perfeito para mim. Ele não é decotado, as costas têm inúmeros pequenos botões e seu caimento é perfeito.

Começo a me vestir, tomada pela emoção. Nunca pensei que um dia pudesse ser uma noiva. E hoje eu estava aqui, me preparando para casar com o homem dos meus sonhos.

George não esqueceu de absolutamente nada. Além do vestido, em cima da cama tem um conjunto de lingerie da mesma cor do vestido, joias e sapatos.

Uma batida na porta desvia minha atenção do espelho.

– Entre. – George entra com um olhar deslumbrado.

– Ownnn, Docinho! Você está linda! – ele fala com um sorriso enorme. Você precisa de ajuda com os botões?

– Preciso, sim – quando ele chega por trás de mim, solta um "Oh my god" baixinho.

– Vamos, George. Não quero chegar atrasada – falo com ar de riso, e ele fecha todos os botões de pérolas do meu vestido.

Mais uma batida na porta, e dessa vez meu pai coloca a cabeça para dentro do quarto. Quando me vê pronta, parece atordoado.

– Minha filha. Como... *nossa*.

– Oi, pai. – Sorrio, fazendo sinal para ele se aproximar.

– Você está tão linda. Estou muito feliz por você estar com Zach.

– Eu também – respondo, abraçando-o.

– Você está pronta? Está na hora.

– Estou. Ohhh...

– O que houve, Docinho? – George pergunta, preocupado.

– Eu não tenho um buquê. E agora?

– Tem, sim. Você acha mesmo que deixaria você casar sem um buquê?

Meu pai abre a porta do quarto e vejo minhas amigas e minha mãe aguardando minha saída na antessala. Em cima da mesa há um lindíssimo buquê de botões de rosas brancas, amarelas e em um tom de rosa forte, quase pink, aguardando por mim. É o buquê menos convencional que eu já vi na vida, e o mais perfeito que eu poderia esperar.

– Oh, George! É lindo! – eu falo, abraçando-o e pensando no quanto tenho sorte de ter amigos como ele.

– Vai ficar perfeito com seu vestido, Docinho – ele fala, com a voz embargada.

– Jo, deixa eu tirar uma foto de vocês – minha mãe pede, e nos juntamos para uma foto entre amigos.

Eles alternam entre si, para que todos tenham a chance de aparecer na foto. Quando minha mãe termina a pequena sessão improvisada, meu celular toca, e vou correndo atender.

– Alô?

– Ei, princesa! Sou eu – Zach fala do outro lado da linha, e eu derreto completamente.

– Oi, amor.

– Eu liguei para saber se você estava pronta, se não tinha desistido. – Ele ri. – Porque, se você fosse fugir, eu teria que ir atrás de você e te trazer de volta.

– Eu não vou fugir, não. Alguém me prometeu orgasmos eternos – respondo, séria, e ele começa a rir no telefone.

– Verdade. Mas você não tem testemunhas disso. – *Oh, que espertinho!*

– Não tenho, mas quando você ligou para meus pais para me pedir em casamento, isso ficou subentendido – respondo, e nós dois rimos. – Você pode acreditar que serei uma *esposa* daqui a alguns minutos?

– A *minha* esposa, né? Sra. Taylor soa bem. Ah, amor, por falar em Sra. Taylor, meus pais chegaram. Estão ansiosos para te conhecer.

– Oh... Zach, e se... – Ele não deixa eu terminar a frase.

– Baby, nem pense nisso. Você é perfeita para mim, e meus pais vão amá-la. Preciso ir. Tenho que descer, os caras estão chamando.

– Ok. Elvis vai nos casar? – pergunto, estremecendo com a possibilidade de ser casada por um sósia de Elvis Presley.

– Se você tivesse me dito que queria Elvis, eu teria reservado a capela Recanto do Amor – Zach fala e solta uma gargalhada.

– Oh, não, tudo bem. Não vou ficar triste por não ter Elvis em nosso casamento.

– Te vejo em minutos, princesa. No altar. Te amo.

– Eu também te amo. Beijos. – Desligo o telefone e volto para a sala. Não consigo segurar um sorriso ao ver aquelas pessoas que amo tanto juntas para celebrar minha união com Zach.

Meu pai e George estão conversando, ambos de terno escuro. Minha mãe está linda num vestido longo verde, no mesmo tom de seus olhos. Julie está sentada, num vestido longo azul marinho, que valoriza seu ventre, deixando-a ainda mais radiante. Seus cabelos estão presos num coque bagunçado. Ela está brincando com Maggie, que usa uma miniatura do vestido da mãe. Jenny está com um vestido lindo vermelho, de alças largas e decote em v, que a deixa sensual e elegante, com seus cabelos soltos. Ela conversa com Livy, que está perfeita num vestido verde, com saia vaporosa e alças finas.

– Está pronta, Jo? – Jenny me pergunta, ao notar minha presença, e concordo com um aceno.

– Então vamos, meninas! – George começa a agitar todos para irmos em direção ao local da cerimônia. Todos saem da suíte, ficamos só eu e George, que está dando os últimos retoques no meu coque grego enfeitado com uma tiara. – Docinho, eu não te pressionei para saber o que era "aquilo", porque este é o seu momento, mas depois quero detalhes, viu? Esse é o tipo de coisa que tem uma longa história por trás, e eu acho que mereço saber de tudo, como bom amigo que sou. – Estava demorando para a rainha do drama aparecer.

– Prometo que outro dia eu conto – falo e ele sorri, satisfeito.

Vamos em direção ao local da cerimônia e, a cada passo, tremo mais. Meu coração está acelerado, como se eu tivesse corrido uma maratona. Sinto medo de derrubar o buquê, de tanto que minhas mãos estão instáveis.

Ao chegarmos ao lado de fora do salão, uma cerimonialista vem até nós e explica como as coisas acontecerão. Por serem poucos convidados, todos estarão no altar. Nossos pais, cada um de um lado, Alan e Livy, do meu lado, e Rafe e Jenny do lado de Zach.

Daniel vai entrar com a minha mãe, Zach com a mãe dele. O pai de Zach com Maggie. George e Julie serão minhas "damas de honra" e entrarão juntos, na minha frente. E Ben entrará sozinho e ficará no altar com George.

Todos prontos. Annie, a cerimonialista, me leva para uma sala reservada com meu pai, para que Zach não me veja antes da hora. Ouço "More than words", do Extreme, tocar ao fundo, e Annie me explica que eles estão entrando.

Olho para meu pai, que sorri para mim, com um brilho nos olhos.

– Eu te amo, Jo. Você vai ser minha garotinha para sempre – ele fala e beija minha testa, e eu tenho que fazer um esforço sobre-humano para não chorar. A música acaba e Annie avisa que chegou a nossa vez.

Mais cedo, George havia me perguntado qual música eu queria que tocasse na minha entrada, e eu escolhi "Bubbly", da Colbie Caillat. Essa música coloca em palavras exatamente o que eu sinto quando estou ao lado de Zach. Um sentimento muito mais do que emocional. Os primeiros versos começam a tocar, e meu pai e eu damos os primeiros passos em direção ao altar.

I've been awake for a while now
You've got me feeling like a child now
'Cause every time I see your bubbly face
I get the tingles in a silly place

Olho para a frente, e toda nossa família e pessoas que são realmente importantes em nossas vidas estão lá. Abro um sorriso, e meus olhos caem sobre o homem que tira meus pés do chão e me faz sentir coisas que eu jamais imaginei serem possíveis.

It starts to my toes
and I crinkle my nose
Wherever it goes I always know
that you make me smile
please stay for a while now
just take your time
wherever you go

Nossos passos são suaves. Meu pai me segura com firmeza ao notar que estou trêmula. Meus olhos se prendem aos olhos azuis do meu futuro marido, e eu vejo que estão marejados de emoção.

The rain is falling on my window pane
but we are hiding in a safer place
under covers staying dry and warm
you give me feelings that I adore

Eu não consigo segurar a emoção e as lágrimas caem, apesar do esforço para conter o choro e não borrar a maquiagem. Meu pai faz uma pausa no caminho e enxuga levemente minhas lágrimas, com um sorriso.

It starts in my toes
makes me crinkle my nose
wherever it goes

I always know
that you make me smile
please stay for a while now
just take your time
wherever you go

Eu sorrio de volta e recomeçamos nossa caminhada até o altar. Volto a olhar para Zach e ele sorri para mim, completamente tomado pela emoção.

What am I gonna say
when you make me feel this way
I just... mm

Quando chegamos, finalmente, ao altar, meu pai se vira para mim, me abraça e se volta para Zach, colocando minha mão na dele. Antes de soltar nossas mãos, ele vira para Zach e fala algo que nos surpreende.

– Seja bem-vindo à família, meu filho.

– Obrigado, Paul – ele responde e meu pai o abraça, falando "Cuide bem dela" baixinho em seu ouvido. Ele se afasta e Zach se volta para mim, beijando primeiro minha mão, me puxando para um abraço e murmurando em meu ouvido:

– Eu nunca pensei que tivesse tanto amor dentro de mim. Obrigado por aceitar ser minha esposa. Eu te amo, Jo.

– Eu também te amo – falo com a voz trêmula. Ele me dá um beijo leve nos lábios e viramos de frente para o juiz de paz, que começa a cerimônia.

– Meus amigos, estamos reunidos aqui hoje para celebrar o amor. O amor entre duas pessoas: Zachary e Johanna. Essa é uma celebração não apenas entre eles, homem e mulher.

Mas uma celebração do amor que eles sentem pelas pessoas que estão aqui presentes, sua família, seja pelo laço de sangue ou de amizade.

Olhamos ao redor e nossa família está completamente emocionada, com lágrimas nos olhos. O juiz de paz prossegue com seu discurso emocionante, até que chega o momento dos nossos votos, e ele indica que Zach deve começar.

– Jo, princesa, eu me comprometo a amar você para o resto das nossas vidas, nunca esquecendo que nosso amor é para sempre. Prometo cozinhar para você e cuidar para que você esteja sempre satisfeita. Prometo não me aborrecer quando você roubar minhas camisas para dormir, e fazer você rir todos os dias, mesmo quando a gente brigar. E nos dias mais nebulosos, prometo nunca esquecer que não importa quais desafios apareçam em nossas vidas, nós sempre encontraremos o caminho de volta um para o outro. Meu coração, meu corpo e minha alma são seus.

Ele termina e sorri enquanto as lágrimas não param de cair em meu rosto. O juiz indica que é a minha vez de falar os votos, e eu começo, seguindo o mesmo bom humor do meu noivo.

– Zach, meu amor, meu Thor, eu me comprometo a amar você pelo resto de nossas vidas, sem nunca esquecer que o nosso amor é para sempre. Prometo ajudá-lo a enfrentar as dificuldades da vida e a aproveitá-la em todos os momentos, além de ter a paciência que o amor exige para falar as palavras certas nos momentos necessários e dividir o silêncio quando você precisar. Prometo não reclamar quando você fizer gostosuras e me tirar da dieta, nem quando você ocasionalmente esquecer a toalha molhada em cima da cama. Comprometo-me a viver no calor do seu coração, mesmo nas dificuldades que a vida apresentar, sem nunca perder o caminho de volta para você. Meu coração, meu corpo e a minha alma são seus.

Zach está sorrindo e, ao mesmo tempo, lágrimas caem de emoção. Olho para o juiz de paz, que está visivelmente emocionado, e ele dá continuidade ao casamento.

– Johanna, é de sua livre e espontânea vontade se casar com Zachary Taylor, para amá-lo e respeitá-lo, na alegria e na tristeza, na saúde e na doença, por toda a eternidade?

– Sim – eu respondo, sorrindo.

– Zachary, é de sua livre e espontânea vontade se casar com Johanna Stewart, para amá-la e respeitá-la, na alegria e na tristeza, na saúde e na doença, por toda a eternidade?

– Sim – Zach responde e o juiz pede as alianças. Daniel se aproxima e entrega uma caixinha preta para Zach. Quando ele a abre, vejo nosso par de anéis de ouro exatamente iguais.

Ele desliza o anel pelo meu dedo e, em seguida, é a minha vez de fazer o mesmo. Ao terminarmos, o juiz declara:

– Pelo poder investido a mim pelo estado de Nevada, eu os declaro marido e mulher. Pode beijar a noiva. – Zach me puxa para ele e me vira, num beijo de cinema. Ao final do beijo, o juiz nos apresenta à família.

– Senhoras e senhores, Sr. e Sra. Taylor.

Capítulo vinte e dois

Zach

Olho ao redor da nossa mesa e vejo nossos amigos conversando. Todos estão sorrindo e se divertindo, e estou realmente feliz por eles estarem ali, compartilhando esse momento conosco.

Fizemos um jantar numa área reservada no restaurante do hotel, já que éramos poucos para uma festa.

Olho para o lado e me deparo com Jo olhando para mim, com um sorriso de quem está aprontando.

– Sra. Taylor, o que você está aprontando? – Ela dá uma risadinha e baixa o olhar.

– Nada. Eu estava só pensando – ela diz, parecendo constrangida.

– Pensando? Para estar com essa carinha, só podem ser coisas impertinentes – respondo. Ela arregala os olhos e sorri.

– Zach! – Dou um beijo nela. – Eu estava pensando no seu presente de casamento.

– Eu vou ganhar um?

– Claro. Só espero que você goste.

– Oh, meu amor. É claro que vou gostar. – Eu a beijo novamente, até que ouço Daniel ao meu lado reclamar.

– Cara, eu não me conformo.

– Com o quê? – pergunto, depois de beijar minha esposa.

– Vocês são três filhos da p... – Ele, de repente, corta a frase – ...*polícia!* – tenta consertar o palavrão, ao ver o olhar da Julie. Eu caio na risada.

– Por que, Danny?

– Porque vocês tiveram uma noite dos machos, não me chamaram e ainda foram todos fazer tatuagem, como uma irmandade de meninas.

– Não nos sacaneie. Você também queria fazer?

– Lógico que sim! – ele fala e Julie se intromete na conversa.

– E iria dormir no sofá.

– No sofá? Mas por que, mulher? – Danny pergunta exasperado, e a mesa inteira cai na gargalhada.

– Porque eu não iria aturar um bêbado de madrugada. Além disso, você já é muito metidinho do jeito que é, tatuado iria se achar *O gostoso*. Não. Está ótimo assim. – Ela dá a ele um olhar ameaçador, passando a mão sobre o ventre.

– Todos vocês fizeram tatuagem? – Jenny pergunta a mim, parecendo incrédula.

– Sim. Eu, Rafe e Alan fizemos.

– E que desenho foi? – George pergunta, e tanto Rafe quanto Alan tentam disfarçar.

– O meu foi uma peça de quebra-cabeça com o nome da minha esposa. Rafe fez uma inscrição... e Alan... bem, Alan fez mais um desenho desses tantos que ele já tem – tento responder sem falar demais.

– Hummm... entendo – George fala, balançando a cabeça, e posso ver que sua mente não para de trabalhar a informação.

Neste momento, o *maître* se aproxima da mesa e avisa que o restaurante está nos oferecendo, como presente de casamento, um pocket show de uma banda que está hospedada no hotel, e que eles iriam tocar uma música para nossa primeira dança.

Chamo Jo para irmos até a área do pequeno palco. Somos seguidos por nossa família e amigos. A banda já está preparada para começar a tocar.

– Pessoal, boa noite! Nós somos a Secret Poison e queremos dar os parabéns a Zach e Jo pelo casamento, e convidá-los para sua primeira dança como casados – o vocalista fala e todos nós ficamos de queixo caído. A Secret Poison é uma das bandas de pop rock mais famosas dos EUA. É inacreditável eles estarem ali, com toda aquela simplicidade, convidando-nos para dançar.

– Zach? É isso mesmo? – Jo me pergunta, tão surpresa quanto eu.

– Parece que sim, princesa – respondo e olho para Alan, que está ainda mais surpreso que todos nós. A banda começa a tocar os primeiros acordes de uma versão acústica de "Thank you for loving me", de Jon Bon Jovi. Eu pego Jo pela mão e a levo ao centro da pista de dança, a abraço e começamos a dançar no ritmo lento da canção. Seus braços envolvem meu pescoço, e ela acaricia meu cabelo enquanto nos balançamos no ritmo da música.

– Você me fez a mulher mais feliz do mundo – ela fala em meu ouvido, e eu sorrio. – Nunca imaginei, em toda minha vida, que eu iria gostar de ser esposa de alguém.

– E está gostando?

– Sim. Eu não me vejo longe de você. Nunca mais. Onde nós vamos morar?

– Pensei em ficarmos no seu loft, por hora, e colocarmos os dois apartamentos à venda, enquanto a gente procura um maior. O que você acha?

– Acho perfeito. Só não quero nunca mais dormir sozinha.

– Sozinha? Você nunca mais fará nada sozinha, princesa – respondo, puxando-a para ainda mais perto de mim, e ficamos ali, envoltos em nossa própria bolha, distantes do mundo, apenas nos balançando no ritmo da música.

A música acaba e todos aplaudem, tirando-nos do nosso momento. Eu dou um beijo leve em seus lábios e a banda inicia uma nova música, "You're my Heaven", que faz parte do seu último álbum. Nossos pais se aproximam da pista de dança e começam a dançar juntos. Daniel leva Julie, devagar, até o nosso lado, e a abraça. Eles se balançam muito devagar, conversando, perdidos num mundo só deles.

– Eles são lindos juntos – Jo me diz, e eu tenho que concordar.

– Sim. E estão tão felizes. Passei outra tarde com eles. Daniel parece tão mais leve, mais feliz, mais maduro, até... E Julie simplesmente desabrochou. Ela o tem nas mãos. – Eu me abaixo e sussurro em seu ouvido: – Igual a você comigo, princesa. – Ela solta uma gargalhada e de repente abre um sorriso sonhador. – O que houve?

– Acho que está acontecendo algo entre Rafe e Jenny. Olha. – *Oh, baby, você não sabe de nada*, penso comigo mesmo enquanto me viro na direção que ela indica e vejo Rafe e Jenny dançando com Maggie no colo, parecendo uma família. Espero que ele tenha conseguido se acertar com ela, depois daquele "encontro" no escritório. Próximo a eles, Alan está dançando com Livy, os olhares presos um no outro, em silêncio, e só então me dou conta de que sua "Olivia" era a Livy.

– E com aqueles dois ali? – pergunto a Jo. Eles não poderiam ser mais diferentes, e ao mesmo tempo parecerem se completar tão perfeitamente. – O que está acontecendo?

– Não sei, mas espero que ele não faça nada que vá magoá-la. Ela é uma boa menina. – Aceno em concordância. Também espero que Alan não meta os pés pelas mãos. Ele é um cara legal, mas quebrar um coração feminino, para ele, é a coisa mais fácil do mundo.

Continuamos nossa dança, até que vou me virando em direção à nossa mesa. Jude, o irmão do Alan, está sentado ao lado de Ben, desenhando. Ele tinha um talento raro para desenhar. E George observa os casais dançando, com aqueles olhos afiados, como se estivesse tentando descobrir nossos segredos. Volto minha atenção para minha linda esposa, que está em meus braços, colada em mim, como se não pudesse pensar em separar seu corpo do meu.

– Princesa, vamos para o quarto? Quero ficar sozinho com você – falo em seu ouvido.

– Vamos – ela responde e eu sinto sua mão estremecer de leve, o que me faz estranhar, já que Jo nunca foi tímida.

Começamos a nos despedir da família. Julie e Jo se abraçam, as duas com os olhos cheios de lágrimas. Daniel parece um pouco triste, e sei que é pelo adiamento do casamento. Tentamos a todo custo convencê-lo a casar-se com ela aqui em Vegas, mas ele não quis, porque sabe que a Julie sempre sonhou com um casamento tradicional. E ele quer realizar o sonho dela.

– Fica bem, irmão – digo, abraçando Danny.

– Agora somos irmãos de verdade, né? – ele sorri, mas algo vem à sua mente e ele demonstra todo o seu desagrado. – Você é um amigo ainda pior, porque não me levou para a noite da tatuagem – ele reclama, parecendo um garoto mimado, e eu começo a rir.

Abraçamos nossos pais e, enquanto meus sogros me dão parabéns, minha mãe fala com Jo.

– Johanna, nós adoramos te conhecer. Você e Zach formam um casal tão bonito. Por favor, venham nos visitar quando puderem. Adoraremos receber vocês em casa e te conhecer melhor.

– Claro, Sra. Taylor – Jo responde, e minha mãe a segura pela mão.

– Oh, não. Por favor, me chame de Maryanne. Sra. Taylor é a minha sogra. – Todos nós rimos.

Nós nos despedimos de Rafe e Jenny, que parecem estar num mundo exclusivo dos dois. Em seguida vamos até o palco cumprimentar o pessoal da banda e agradecer a gentileza.

– Você não é a doutora Stewart? Advogada?

– Sim – Jo responde.

– Nós éramos clientes do seu escritório. Saímos há um mês. Éramos atendidos por um imbecil de nome Liam, não deixavam que você nos atendesse. Agora estamos à procura de alguém que administre a nossa carreira – o vocalista fala e retira um cartão de dentro do bolso. – Se algum dia sair daquele lugar e quiser nos representar. – Ele estende o cartão para Jo.

– Você está falando sério? – Jo pergunta, muito surpresa. – Eles nunca me deixaram ficar com a conta de vocês porque disseram que vocês preferiam trabalhar com Liam.

– Por favor! O cara não sabe nada sobre o show business. Quando voltar da lua de mel ligue pra gente – diz o vocalista. – Quem sabe não chegamos a um acordo? Sean, da banda Breathless, fala muito bem de você.

– Breathless? – pergunto, confuso. Já ouvi esse nome antes.

– Eles são uma banda pop, Zach. Nós fomos a um show deles em São Francisco no ano passado, lembra?

– Ah, é verdade! É aquela banda cliente do seu escritório. – A banda era composta por rapazes bem jovens, mas que faziam muito sucesso entre os fãs.

– Obrigada pelo convite, Steve. Eu vou ligar para vocês, sim. E obrigada pela gentileza de tocarem para nós. Foi realmente especial – Jo fala ao vocalista e cumprimenta o restante da banda, sendo seguida por mim. Apertamos as mãos e eles voltam a tocar.

Ao nos voltarmos para a pista de dança, Rafe e Jenny, Alan e Livy e nossos pais estão dançando, seguidos por Jude, que está dançando com uma risonha Maggie no colo.

Vamos até a mesa para nos despedirmos de George e Ben, que conversam com Julie, enquanto Daniel faz uma massagem no pé da noiva.

– George, obrigado por tudo – falo, apertando sua mão.

– Imagina, Zach! Foi um prazer. Eu é que agradeço por você não ter privado a todos nós do seu casamento. Eu me sinto orgulhoso por estar compartilhando esse momento tão feliz.

– Eu jamais teria feito isso. Só a trouxe para Vegas antes que ela fugisse de novo – falo, e George começa a rir.

– Você fez muito bem. Parabéns, meu querido. Seja feliz com sua esposa. – George aperta minha mão e me dá um abraço. Em seguida, Ben me cumprimenta, mas consigo ouvir George falar baixo para Jo:

– Docinho, parabéns. Você está maravilhosa. Agora vai lá mostrar sua surpresa pro marido e colocar o martelo do Thor para trabalhar – ele solta uma gargalhada e Jo protesta em voz alta.

– George! – Olho para ela, que está corada.

– Vamos, princesa?

– Vamos. – Eu a beijo e em seguida pego sua mão, levando-a para fora do restaurante, a caminho do nosso quarto. Não vejo a hora de ver a surpresa preparada para mim.

Capítulo vinte e três

Ja

Seguimos em direção à nossa suíte de mãos dadas. Eu me sinto estranhamente nervosa, como se aquela fosse nossa primeira vez juntos. Sinto um frio na barriga em antecipação à sua reação quando vir o que fiz para ele.

Saímos do elevador, e assim que pisamos no corredor Zach me pega no colo.

– Zach! – protesto, e ele me beija, rindo.

– Amor, temos que manter a tradição.

– E desde quando nós somos tradicionais?

– Verdade, nós não somos. Mas o meu sentimento por você é. É perfeito, é verdadeiro e é para sempre.

– Eu também te amo – falo, e ele me beija novamente, indo em direção à suíte.

Ele para na porta e eu enfio a mão no seu bolso para pegar o cartão do quarto.

Ele abre a porta sem me soltar. Quando entramos, a visão é a mais inesperada e linda possível: a suíte está toda iluminada à luz de velas, com pétalas de rosas das cores do meu buquê fazendo um caminho até o quarto e em cima da cama.

– Zach... que lindo – digo num sussurro, e ele sorri para mim, levando-me até a cama. Ele me deita, as pétalas coloridas ao meu redor, e sorri para mim desfazendo a gravata.

– Eu nunca imaginei que poderia sentir ainda mais amor por você, princesa. Mal posso acreditar que você é finalmente e oficialmente minha. – Ele tira o paletó e abre os primeiros botões da camisa, sorrindo para mim. – Solte esse cabelo.

– Não. Só depois que você abrir meu vestido – falo e sorrio de volta.

– Então, Sra. Taylor, venha aqui para que eu possa tirar você desse vestido.

– Tem que abrir os botões. – Viro-me de costas e vejo Zach olhar aborrecido a quantidade de pequenos botões de pérola em minhas costas.

– Você não vai me deixar puxar de uma vez, né? – ele pergunta e beija meu pescoço, me deixando arrepiada.

– Puxar? Oh, não, Zach. Você não pode rasgar meu vestido de noiva. Tem que abrir os botões. Um por um. Começando por baixo.

– Pelo último? – ele pergunta, parecendo surpreso.

– Sim. Ou você vai abrir os primeiros e vai tentar me tirar de dentro dele a qualquer custo.

Ele sorri e começa a desabotoar, um a um, a fileira de botões que termina na minha cintura. Ao abrir cada botão, ele deixa um beijo no meu pescoço, orelha, braços ou costas. Eu sentia que ele estava impaciente, mas não podia correr o risco de estragar a minha surpresa.

Ele chega ao meio das costas e faz uma pausa para tirar sua camisa.

– Esses botões todos estão me deixando nervoso – ele fala, e eu solto uma risada. Ele não tem ideia do quanto *eu* estou nervosa.

– Falta pouco.

– Parece que estou desembrulhando um presente.

– Você está – digo e ele ri, voltando a dar atenção às pequenas pérolas em minhas costas.

Pouco a pouco, ele se aproxima dos últimos botões e não posso evitar ficar ainda mais trêmula e ansiosa.

– Finalmente, princesa – sussurra em meu ouvido, soltando a última pérola.

Ele começa a afastar lentamente as pontas da renda do vestido, deixando as minhas costas nuas, até que para de repente.

– Jo... – sussurra meu nome, tão baixinho que, se ele não estivesse tão próximo a mim, poderia achar que estava ouvindo coisas.

– Zach? – eu o chamo, preocupada, mas ele não responde. Eu me viro em sua direção, mas ele me segura, para que eu não saia da posição em que estou.

– Não se mexa. Eu preciso olhar isso com calma. – Ficamos no mais absoluto silêncio, aqueles poucos segundos parecendo horas, até que eu não me contenho e pergunto baixinho, com medo da resposta.

– Não gostou?

– Se eu não gostei? Deus, Jo! Se eu tivesse alguma dúvida sobre o que você sentia por mim, ela teria morrido aqui. O que você fez foi incrível. Foi o presente mais incrível que alguém poderia me dar – ele fala, visivelmente emocionado. – Ela complementa a minha. O pedaço que falta é exatamente o que está nas minhas costas.

Eu sorrio ao lembrar do desenho tão lindo que Sarah fez nas minhas costas, no mesmo lugar do dele. Um coração azul, do mesmo tom da tatuagem dele, montado como um quebra-cabeça. Na parte de cima do coração, ela fez um efeito que demonstra faltar uma peça, exatamente do mesmo formato da peça que está com ele. No espaço vazio, quatro letras dão a pista de quem está com a peça que falta. Zach.

– Quando você fez isso? – ele pergunta, ainda examinando a minha tatuagem.

– Hoje de manhã. Em vez de comprar o vestido, eu fui para o estúdio de uma amiga aqui em Vegas. George já tinha sido orientado a trazer o vestido de Los Angeles.

– Eu não consigo acreditar que você fez isso – ele fala e sorri para mim. – Ficou incrível. Eu sinto como se agora nós realmente fôssemos um só. – Viro-me de frente para ele, seguro seu rosto e digo, olhando dentro dos seus olhos:

– Zach, você demonstrou de tantas maneiras os seus sentimentos por mim... O pedido no aeroporto para que eu tivesse memórias românticas para compartilhar com a nossa família, o seu cuidado comigo... Se eu parar para pensar, você demonstra todos os dias, há três anos, o quanto me ama. Eu é que não quis ver. Você me ganhou quando abriu o primeiro sorriso naquela festa. Nós somos um só. É a minha forma de demonstrar isso.

Enquanto falo, o olhar de Zach muda. De marejado de emoção para possessivo. Seus olhos azuis estão mais escuros e sei que ele está planejando alguma coisa.

Seu corpo cobre o meu e sua boca toma a minha, num beijo duro e exigente. Suas mãos me seguram com força contra a cama e seu beijo é ainda mais enlouquecedor.

Sinto o lado tatuado um pouco dolorido, por causa da fricção com a renda do vestido e a cama, e solto um baixo gemido de dor. Zach se afasta, percebendo que tem algo me incomodando.

– Estou te machucando, princesa?

– Não, é a tatuagem que está dolorida. – A palavra TATUAGEM parece ter o poder de iluminar seus olhos, e ele abre um grande sorriso.

– Vem – ele fala e me puxa para ficar sentada na cama. – Vamos tirar esse vestido.

Ele levanta da cama, me levando com ele, e me beija mais uma vez. Suas mãos correm por meus braços, puxando lentamente as mangas do vestido para baixo. Ele liberta meus braços e em seguida desliza a renda pelo meu corpo, deixando-me de lingerie e salto alto.

– Perfeita – ele fala e me beija. – Pode soltar o cabelo agora, princesa?

Eu aceno em concordância e vou soltando os grampos um a um, desmanchando o coque elaborado. As mechas do meu cabelo vão caindo nas minhas costas e nossos olhares não se desgrudam enquanto faço o que ele me pediu. Quando termino de soltar os grampos, ele me puxa para um beijo, enquanto solta a tiara do meu cabelo.

Minhas mãos percorrem suas costas, sentindo os músculos duros, e só consigo pensar que ele é meu e no quanto eu o amo. Desço minhas mãos pela lateral do seu corpo, abro seu cinto e, quando vou desabotoar sua calça, ele segura minha mão e me vira de costas para ele.

– Zach... – eu sussurro seu nome, e ele fala em meu ouvido enquanto solta o fecho do sutiã.

– Eu quero fazer amor vendo o meu presente. – Ele morde a minha orelha e, com uma mão, segura firme meu cabelo enquanto a outra toca meus seios. – Você é linda – ele sussura em meu ouvido e me empurra de volta para a cama, meu rosto no travesseiro e meu quadril no alto. Ele se afasta e fica em silêncio, e eu não consigo segurar a ansiedade.

– Zach?

– Estou admirando a minha mulher – ele fala e começa a abrir o botão da calça. – Noite passada, eu disse que me acordar daquele jeito foi a cena mais gostosa que eu já tinha visto na minha vida. Eu estava errado. – Ele tira a calça e a cueca de uma vez, mostrando que estava tão pronto quanto eu. – Você, assim, de costas para mim, sua tatuagem aparecendo... Essa sim é a cena mais sexy que eu já vi na vida.

Zach volta para a cama e começa a fazer seu caminho pelo meu corpo de bruços, deixando uma trilha de beijos pelas minhas pernas. Ele afasta minhas coxas e sua língua encontra meu clitóris, fazendo com que eu enterre ainda mais a cabeça no travesseiro. Quando ele me ouve gemer baixinho, volta a explorar meu corpo, deixando mordidinhas no meu bumbum e na curva da cintura.

– Você é tão macia – ele fala, lambendo a base da minha coluna, enquanto sua mão procura minha fenda, que está completamente molhada. – E já está tão pronta para mim – ele diz, com um sorriso convencido no rosto.

– Zach, você está me enlouquecendo – falo, quando dois dedos dele entram em mim. – *Ohh*....

– Nós mal começamos, baby. – Seus dedos entram e saem enquanto ele morde e beija minhas costas, próximo à tatuagem, tomando o cuidado de não chegar muito perto para não me machucar. Sinto o orgasmo se formar dentro de mim e, antes que eu tenha chance, ele manipula meu clitóris com a outra mão, me fazendo perder completamente o controle, entrando numa espiral de prazer, saindo completamente do ar, ligada apenas em suas mãos e na sensação que elas me provocam.

Zach nem espera eu me recuperar do orgasmo e, antes mesmo que eu tenha chance de falar, ele ergue o corpo, segura meu quadril com as duas mãos e seu comprimento vai, bem devagar, abrindo espaço dentro de mim.

– Você não tem ideia do que estou sentindo vendo você assim – ele fala com a voz rouca, seu pênis completamente dentro de mim. Suas mãos correm pelas minhas costas, chegando ao comprimento do meu cabelo. Ele o segura com uma das mãos, puxando com firmeza, mas sem machucar, enquanto seus movimentos aceleram dentro de mim.

– Oh, Zach... – mal consigo gemer seu nome. Nunca, em todo esse tempo, fizemos amor de uma forma tão possessiva, na qual eu sentisse que ele estava tentando marcar seu território, como se mostrasse que eu era dele e ele era meu.

Ele era como um leão dominando sua presa, mostrando a mim que eu era sua e de mais ninguém. Essa possessividade do meu homem fazia com que, além do prazer incomparável de que estava desfrutando, eu sentisse também a sensação de ser plenamente amada. Eu sabia que era a única para ele. O encaixe perfeito, em todas as áreas da nossa vida.

Zach acelera ainda mais os movimentos de vai e vem e, à beira do clímax, lembro-me de como relutei para chegar até aqui. O quanto eu achava que permitir que esse homem tomasse conta de mim iria me tornar inferior. A consciência do quão errada estava me deixa ainda mais ciente da sorte que tenho por ele não ter desistido de mim.

– Zach, amor?

– Oi, princesa... – ele responde, seus movimentos intensos, respiração entrecortada.

– Não vou aguentar.

– Não segure. Deixa o prazer que sentimos juntos tomar conta de você.

Meu corpo estremece e o orgasmo me atinge como um raio. Nunca, nunca mesmo, o sentimento foi tão forte. Zach goza logo em seguida, parecendo tão atingido quanto eu.

Seu corpo cai sobre o meu e desabamos na cama, suados, nossa respiração alterada. Ele me puxa num abraço apertado, minhas costas descansando em seu peito, dá um beijo no alto da minha cabeça e fala:

– Foi perfeito. Você é perfeita. Não sei se já demonstrei a você suficientemente o quanto te amo.

– Vai ser sempre assim? – pergunto, com um sorriso no rosto.

– Sempre – ele fala, beijando meu pescoço.

– Vamos fazer amor eternamente de costas para você ver minha tatuagem? – pergunto, entre risadas.

– Você notou?

– Que você ficou ligado? – O som da risada dele em minha orelha me provoca arrepios.

– Ligado? Não, princesa, eu não fiquei ligado. Eu fiquei louco. O sentimento de saber que você é totalmente minha, de corpo, alma e coração, que você, assim como eu, não teve nenhum receio ou dúvida de demonstrar seu sentimento de uma forma definitiva, é inexplicável. Hoje me sinto completo. É muito mais do que apenas feliz ou saciado, é uma sensação de pertencer a alguém e esse alguém te pertencer. – Sinto sua emoção balançar meu coração mais uma vez.

Ele chega ainda mais perto de mim e sussurra em meu ouvido: – Você é minha. – E beija minha nuca.

– E você é meu – respondo, e sinto seu sorriso se abrir.

– Não tenha dúvida, princesa. – Ele morde minha orelha, arrancando um gemido. – Nossas tatuagens estão aí para comprovar – ele fala e me puxa para um beijo apaixonado.

Eu me afasto um pouquinho, apenas o suficiente para ver seus olhos, e abro um sorriso feliz, que é imediatamente correspondido. Ele me puxa para ainda mais perto, me abraçando. Meu rosto aninhado em seu pescoço, sentindo seu perfume.

O mesmo cheiro que eu sentia quando usava as suas camisas para dormir.

A adrenalina começa a diminuir e, antes de cair no sono, faço um agradecimento silencioso a Deus por não permitir que eu perdesse esse homem, que era o meu *tudo*.

Capítulo vinte e quatro

George

Vejo minha Docinho dançar com seu – agora – marido, Zach, e não posso segurar meu orgulho. Ainda não consigo acreditar que ela conseguiu esconder essa história de mim por três anos. Três anos inteiros!

Eu a chamo assim desde quando éramos adolescentes, porque Jo sempre foi como a Docinho das Meninas Superpoderosas. Apesar de ser loira, tem olhos muito verdes, como a Docinho do desenho. Ela sempre foi a mais lutadora entre nós, a mais forte e destemida. Não é à toa que decidiu ser advogada.

Crescemos juntos: eu, ela e Julie. E desde o momento em que nos vimos pela primeira vez, nunca mais nos separamos. Essas meninas são parte essencial da minha vida. São as minhas melhores amigas, me apoiam em todos os momentos, inclusive quando descobri minha orientação sexual. Foram elas que me incentivaram a dar uma chance a Ben, que hoje é tudo pra mim.

Então, estar ao lado delas nos seus momentos especiais e fazer parte, seja apenas dando apoio ou organizando as coisas, é o mínimo que posso fazer. É minha forma de retribuir o amor que elas me oferecem a cada dia.

Essas pessoas que estão aqui reunidas hoje são a minha família. A família que eu escolhi e que me escolheu. Meus pais não falam comigo há, pelo menos, oito anos. Desde que eu decidi contar que sou gay.

Nós já tínhamos problemas de relacionamento. Meu pai sempre foi o típico machão, e achava que eu era muito "mole". Nós nos afastamos muito no decorrer dos anos, minha mãe sempre a favor dele. Então, quando tudo aconteceu, simplesmente saí de casa e fiquei uns dias na casa dos Stewart, até conseguir achar um apartamento para morar. Eu já estava trabalhando como decorador e terminando a faculdade, então não foi tão difícil me reerguer.

Até a falta que sinto de um carinho de mãe, quando algo não vai bem, é suprida por Mary, que é maravilhosa com todos nós.

Obviamente, meu amor por essa família e, principalmente, por essas duas meninas é muito maior que um amor de amigos. Tenho, basicamente, um radar no que se refere a elas. Sempre sei quando elas estão passando por alguma coisa. Então, saber que Jo conseguiu esconder tudo isso, por todo esse tempo, me deixa grilado. Acho que estou ficando velho e perdendo o *feeling*. OMG!

– George, querido, que cara é essa? – Ben me pergunta, notando meu entortar de nariz.

– Não me conformo de não ter descoberto isso antes. Você acha que estou ficando velho, *mi amor*? – Eu faço meu rosto mais dramático e Ben solta uma gargalhada.

– Não, querido. Você está ótimo assim. Jo é advogada, lembra? Ela tem o dom de blefar. – É por isso que amo Ben. Ele sempre sabe o que dizer para não me desanimar.

– Hum, verdade. Eu não lembrei disso! Você tem toda razão. – Respiro aliviado. Ainda não estava ficando velho, ufa!

Olho para a nossa mesa e vejo Jude, o irmão mais novo de Alan, desenhando. Ele é um menino tão calado e introspectivo. Não sei como Alan consegue cuidar de um pré-adolescente, sendo aquilo *tudo* que ele é. Jude colocava no papel seus sentimentos pelas pessoas, já que ele não era de se expressar muito. Descobri isso no Natal, quando ele me mostrou seu caderno de desenhos e tinha uma quantidade enorme de desenhos de Alan, além de um lindo desenho da nossa noite. Quando perguntei se ele havia gostado da noite, ele me respondeu baixinho que só desenhava aquilo que realmente gostava, e que foi a melhor noite de Natal que ele teve em muitos anos. Aquilo partiu meu coração, perceber que ele e Alan tiveram que enfrentar uma série de coisas que nós não tínhamos nem ideia.

Volto meu olhar para o salão e vejo os casais dançando na pista de dança. Sr. e Sra. Taylor, tão sorridentes, orgulhosos de estarem casando seu filho. Mary e Paul abraçados, de olhos fechados. Minha garotinha Julie e Danny Boy. Ela está resplandecente grávida e ele é o mais orgulhoso dos homens. O amor deles é a coisa mais linda do mundo, e eu ainda sorrio ao lembrar do pedido de casamento especial que ele fez.

Jo e Zach estão perdidos num mundo só deles, e é incrível como eles parecem tão perfeitos juntos.

Meus olhos caem sobre Livy e Alan e fico tenso. Entendam bem, eu amo Alan, com todo o meu coração. Ele é aquela bagunça sexy, e faz com que todos, homens, mulheres e crianças, se sintam seduzidos por seu ar de bad boy, mas ele deveria vir com uma etiqueta colada escrito PROBLEMA em maiúsculas. E Livy é uma menina. É basicamente uma Dorothy, de *O Mágico de Oz*, passeando pelo mundo. Nunca conheci alguém mais inocente que ela. Não só pelo fato de ser virgem, mas pela pureza interior que ela possui. Sinto vontade de rir ao me lembrar dela contando que simplesmente levantou e foi embora, deixando Alan dormindo sozinho na praia. Ele nunca deve ter passado por isso na vida.

Eles são o par mais diferente que pode existir. Ainda que esteja de terno, Alan continua parecendo um roqueiro bad boy abraçado com Livy, que é uma nuvem de inocência e fragilidade. Mas nada disso parece pesar entre os dois.

– George, você está tomando conta da vida dos seus amigos novamente, querido. – Ben interrompe meus pensamentos e sorrio para ele.

– Querido, não posso deixar de me preocupar. Ela é só uma menina. E ele...

– Eles são adultos, amor. Você não pode agir como a mamãe galinha com as garotas.

– Mamãe galinha? Oh! – Fico chocado com a descrição que Ben faz de mim, mas faz sentido. É assim que eu me sinto em relação às minhas meninas. Não só Julie e Jo, mas Jenny e Livy já estavam debaixo das minhas asas.

– Eles não estão fazendo nada de mais, além de dançar. Deixe as crianças se divertirem. – Ben sorri para mim, inundando meu coração de amor. O sorriso dele é irresistível, e é maravilhoso que ele seja só meu.

Volto meu olhar para a pista de dança e mudo meu foco. Rafe e Jenny dançando com Maggie.

Você sabe, adoro observar as pessoas assim, a distância. É incrível como conseguimos captar coisas que ali, do ladinho, não conseguiríamos ver. Não acredita? Sente aqui ao meu lado, na mesa, e observe o que está em meu campo visual. À primeira vista, você diria que se trata de uma família feliz dançando junta. E é romântico demais ver esses dois dançarem com a menina nos braços. Mas, analisando com mais atenção, você consegue perceber detalhes que poderiam passar despercebidos.

Primeiro, existe uma energia tensa entre os dois. O que é muito estranho, já que Rafe é o cara mais calmo e tranquilo que conheço. Ele parecia tão nervoso durante todo o jantar, sentado ao lado dela, que eu estava esperando que ele levantasse da mesa a qualquer momento e explodisse. Quando Danny Boy começou a guerra de cuspe, implicando com Zach por causa da noite da bebedeira, quase desmaiei com a notícia bombástica de que Rafe tinha feito uma tatuagem. De Alan era esperado. Zach foi surpreendente, mas não seria algo que eu diria ser impossível de fazer. Mas Rafe? Uma tatuagem? Não, isso definitivamente não combinava com ele.

Jenny parecia ter a mesma opinião, já que simplesmente empalideceu. Não que ele não fosse ficar delicioso tatuado, porque, se esse homem já era um escândalo de lindo, imagina um escândalo tatuado? Mas era tão certinho, tão educado, que essa atitude "selvagem" não combinava com ele de jeito algum.

Voltando a olhar os dois dançarem, eu chego a algumas conclusões.

Algo aconteceu entre eles. Isso é um fato, pelo menos para mim. Eles passaram a noite olhando um para o outro quando achavam que ninguém estava vendo. Jenny e Rafe se tornaram muito próximos desde que ela se mudou para a antiga casa de Daniel, mas eles não tinham essa tensão, muito pelo contrário. Eles eram tão companheiros, e Rafe tão apaixonado pela menina, que o fato de eles estarem tão cheios de dedos um com o outro é motivo para eu achar, pelo menos, estranho.

Além disso, observe como ele segura Jenny enquanto dança. Não é como dois amigos dançando. Não, senhoras e senhores! Essa mão apoiada no quadril de Jenny é a mão de um homem marcando seu território. Notem como ele a segura muito perto dele. E os olhos? Ah, os olhos. Esses sim transparecem um verdadeiro vulcão dentro desse homem tão controlado.

– Oh, Deus, George! – Ben chama, assustando-me.

– O quê?

– Eu conheço esse olhar. Pare de se meter na vida dos seus amigos – ele fala, não conseguindo segurar o sorriso.

– Você percebeu também? Eles são lindos juntos.

– Sim, mas deixe as coisas correrem naturalmente. Você não é Hitch, o conselheiro amoroso. – Nós dois rimos. A música muda e, nesse momento, Jude vai até os dois e pega Maggie do colo de Jenny, começando a dançar com a menina, fazendo-a rir com as brincadeiras que inventa.

Rafe puxa Jenny para ainda mais perto e, ela apoia a cabeça em seu ombro. Se os dois ficassem juntos, seriam perfeitos um para o outro. Eles se encaixam bem, e Rafe seria um ótimo pai para Maggie.

Daniel e Julie voltam para a mesa e, enquanto ele faz massagem nos pés inchados da sua noiva, Zach e Jo vêm até nós para a despedida. O olhar de Zach para Jo é o de um homem faminto. Pensando bem, ele sempre teve esse olhar para ela. Sempre achei que era parte do seu *sex appeal*, mas na verdade ele só fica assim quando Jo está no mesmo ambiente.

Volto a olhar para a pista de dança. Rafe e Jenny estão dançando juntos, Rafe murmura algo para ela. Preciso fazer algo para incentivar esses dois. Ela precisa dele tanto quanto ele precisa dela e de Maggie.

– George, querido. Não!

– O quê? – Ben parece ter uma bola de cristal. Droga.

– Já falei para você deixar as coisas seguirem seu rumo – ele fala, segurando minha mão com carinho.

– Claro que vou deixar. Eles só precisam de um empurrãozinho.

– Eles não precisam de empurrão nenhum.

– Precisam, sim, de uma fada madrinha!

– Que, por uma obra do destino, é você?

– O que posso fazer se sou encantador? – eu falo, piscando para ele, que morre de rir.

– Fofoqueiro, isso sim!

– Ben! – respondo, com ar de insulto, e ele ri para mim.

– Nada que eu diga fará você desistir, não é?

– Querido, a garotinha precisa de um papai.

– Oh, George. Assim é covardia.

– E Jenny precisa de Rafe. Olha como eles são lindos juntos. – Abro um grande sorriso e Ben sacode a cabeça, admitindo a derrota.

– Só falta você dizer que Rafe precisa de Jenny também.

– Claro que precisa. Ele é muito sozinho e precisa de alguém que pertença a ele. Assim como eu pertenço a você. – Sorrio para Ben, sabendo que agora ele ficará convencido.

– Ok. Já entendi. E o que você vai fazer?

– Por enquanto vou dar só um empurrãozinho para os dois. – Pisco para ele e levanto da mesa, indo em direção a Mary e Paul.

– Mary! Imagino que você esteja ansiosa para o nascimento das meninas! – O sorriso que ela abre é enorme.

– Nem me fale, George! Fiquei até com vontade de pegar Maggie hoje à noite para treinar um pouquinho. – *Yes!* Minha *cheerleader* interior dá um duplo *twist* carpado.

– Seria ótimo! Acho que Jenny precisa mesmo de uns momentinhos a sós, se é que você me entende – respondo, em tom de confidência, indicando o casalzinho com um levantar de sobrancelhas.

– Oh, querido! Você tem toda razão. – Ela pisca o olho para mim, indo em direção ao casal.

Dou um sorriso satisfeito, pensando que eles só precisam de um empurrão para as coisas darem certo. E é óbvio que eu serei a fada madrinha que vai ajudar esses dois a se aproximarem, não importa o tempo que leve. Ou não me chamo George Preston!

Capítulo vinte e cinco

Alguns meses depois...

Jo

Chloé e Charlote não param de se mexer na barriga de Julie. A essa altura do campeonato, chegando aos oito meses de gravidez, qualquer movimento mais animado delas deixava minha amiga cansada.

Nunca imaginei que gravidez pudesse ser algo tão difícil. Ela passou os últimos dois meses deitada, com os pés para o alto, sendo mimada pela família toda mas, mesmo com o apoio de todos, inclusive de Daniel, é difícil para uma pessoa tão ativa quanto ela ficar quase que cem por cento do tempo deitada numa cama.

Julie tenta não demonstrar, mas sei que está preocupada. Já li um pouco sobre gravidez de gêmeos para saber os perigos de pressão alta, diabetes e afins. E, além de tudo isso, ela está deprimida por não ter conseguido dar andamento aos preparativos do casamento com Danny, que mesmo que não assuma, também está chateado.

Hoje estou na casa deles para ficar com Julie, enquanto Danny está no bar com os meninos. Ele vinha concentrando seu horário de trabalho durante o dia, para ficar à noite com Julie. Mas hoje, excepcionalmente, teve que ir, já que era a estreia da nova banda, Luxury, que estava substituindo a The Band.

Não posso segurar meu sorriso ao lembrar dos meninos da The Band e, principalmente, de Alan. Desde que eu saí da Chapman, Simmons & Walker para abrir meu próprio escritório jurídico, a fim de administrar a carreira da Secret Poison, assinei contrato com várias outras bandas, inclusive a The Band. Steve, o vocalista da Secret Poison, gostou tanto do som dos meninos que os convidou para abrir os shows da banda na turnê que farão durante quase dois anos por todo o país.

Olho para o relógio e faço uma careta. Onze horas da noite e Zach e Daniel ainda não chegaram. Eu havia dispensado Diane, a diarista, às nove, achando que eles já estavam chegando, mas até agora nada. Odiava ficar longe dele, ainda que o motivo fosse trabalho. Tudo que eu queria era ir para a nossa casa, comer o brownie gostoso que ele tinha congelado ontem à noite e depois fazer amor a noite inteira.

Vejo Julie virar de lado, esfregando as costas.

– Querida, está tudo bem? – pergunto, me aproximando dela, que está deitada na cama enquanto estou confortavelmente sentada na poltrona reclinável.

– Acho que sim. As costas estão incomodando, mas estou num estágio tal que não tenho mais posição. *Ohh* – ela geme baixinho e me aproximo correndo. Rindo para mim, ela puxa a minha mão e sinto uma ondulação em seu ventre, sorrindo ao pensar que agora falta pouco para as meninas chegarem.

– Que coisa maravilhosa! – Eu rio e sento ao seu lado, recostando contra os travesseiros. – Ah! Amei os nomes que vocês escolheram.

– Foi um sacrifício convencer Danny a chamá-las pelo nome e não por P1 e P2, apesar de ele ter me ajudado na escolha. Chloé era o segundo nome da minha mãe e Daniel achou que seria uma bela homenagem a ela. Fiquei muito emocionada com a sugestão.

– Tenho certeza que, onde quer que a tia Chloé esteja, deve estar feliz e orgulhosa – falo, sorrindo com a lembrança da mãe de Julie. E Charlote era o nome da vovó. Mamãe ficou encantada com a homenagem e disse que esperava que a pequena Charlie fosse tão doce e generosa quanto a vovó.

Julie sorri e resolvemos acessar a internet e matar o tempo no Facebook. Faz tempo que não entro, devo ter mensagens novas.

Vejo as atualizações da página do After Dark no meu *feed* de notícias. Resolvo entrar na página do AD para ver as fotos. Clico no álbum e vejo fotos de várias pessoas que foram assistir à Luxury, algumas pessoas do staff, uma foto linda do meu Zach. Vou rolando as fotos até chegar na foto da banda e, quando vejo, minha boca se abre.

Agora entendo por que a banda se chama Luxury. Quatro mulheres integram a banda. Todas lindas, altas, magras, cabelos compridos, roupas muito curtas e decotadas expondo seus corpos.

– Jo... – Julie olha para mim e eu sei que ela está vendo o mesmo que eu. – Você está vendo isso? – ela pergunta, boquiaberta, e eu balanço a cabeça, com raiva.

Vou passando pelas fotos e, a cada close das integrantes da banda, sinto meu coração se apertar mais e mais.

– E se uma delas der em cima de Danny? – Julie pergunta baixinho, quase que para si mesma. – Elas são tudo que eu não sou. Sequer posso sair da cama. Nem vida sexual nós temos mais, já que não tenho mais nenhuma disposição. Eu me sinto um grande balão desajeitado, enquanto elas são bombas sexuais prontas para explodir.

– Julie, não fala isso! Você é linda e Danny te ama – falo, tentando confortá-la, mas ao mesmo tempo sentindo o monstro verde do ciúme me pegar.

Sinto meu coração apertar, mas continuo passando as fotos. Até que chego numa foto da banda, no backstage, ao lado de Zach, Rafe e Danny. O trio de amigos está sorridente ao lado das pernudas com pouca roupa.

Olho para o lado e vejo Julie empalidecer. Oh, Deus, não deixe que ela passe mal agora. Eu não sei como socorrer uma grávida!

– Julie, o que você está sentindo? Fale comigo, querida. – Eu passo a mão sobre seus cabelos claros, seu rosto contorcido de dor.

– Uma cólica forte.... *Aahhhh* – ela grita e tenta respirar fundo. – Oh, Jo, as gêmeas não são esperadas para agora e estou com medo de que algo possa estar errado com elas.

Pego o telefone sem fio ao meu lado e ligo para o celular de Daniel. Oh, meu Deus, caixa postal. Fico na dúvida se deixo ou não um recado, mas resolvo deixar.

Danny, sou eu, Jo. Quando ouvir a mensagem me liga, a Julie não está passando bem.

Em seguida, ligo para Zach. Caixa postal. Não é possível que todo mundo tenha resolvido desligar o celular.

Amor, sou eu. Me liga, urgente. A Julie não está passando bem. Não sei o que fazer.

Desligo e vejo Julie enfrentar mais uma onda de cólicas. Sinto algo molhado na cama. A bolsa estourou. O pânico toma conta de mim e Julie começa a chorar, o rosto parecendo um misto de medo e dor. Tento respirar fundo, para me acalmar e conseguir ligar para alguém. Estou tão nervosa que minha mente está vazia e nem sei para quem ligar.

Ouço o som da Britney tocando no meu celular. Graças a Deus! George.

– Alô. George?

– Oi, Docinho, espero que não tenha te acordado, estou ligando por...

– George, chama alguém, a bolsa da Julie estourou. Estou com ela e não consigo falar com Daniel, e tenho medo de levá-la ao hospital e algo de errado acontecer – falo ao mesmo tempo que choro, e George entra em desespero do outro lado da linha.

– Bennnnnnnnn! Liga para a Jenny, rápido! – ele grita para Ben e volta a falar comigo. – Calma, Jo, estou aqui com você. O que temos que fazer agora? Respiração cachorrinho? As meninas estão nascendo? Você está sentindo-as sair? Bennnnnnn!!

– George, eu... não sei. Não sou eu que estou grávida! – respondo, e Julie, ao meu lado, continua a chorar. Nesse momento, Ben assume a ligação e tenta me acalmar.

– Jo, meu anjo, é o Ben. Quero que você tente se manter calma. Sei que é difícil, que vocês estão assustadas, mas Julie precisa de você. – Dou um soluço, tentando segurar o choro. Eu não era essa pessoa desesperada. Sempre fui forte e tento puxar essa força de dentro de mim. – Respire fundo, querida. Inspire, isso... agora solte o ar, com calma. Isso. – Vou seguindo suas orientações e consigo me acalmar um pouco.

– Acabei de falar com Jenny, ela me pediu para ligar para a emergência. Vocês estão em Santa Monica, certo?

– Sim.

– Jo, meu anjo, oriente a Julie para respirar e inspirar, conforme fizemos agora. – Sigo a orientação dele e nós duas juntas estamos respirando profundamente. – Você sabe se a porta está trancada?

– Não está, não. Diane saiu e bateu a porta, mas não descemos para trancar.

– Perfeito. Continue no quarto e tente deixá-la o mais confortável possível. Estamos com vocês. George está mais calmo, vai falar com você enquanto dou as coordenadas à ambulância, ok?

– Ok. – Espero, e poucos segundos depois George pega o telefone.

– Desculpe, querida. Entrei em pânico, mas agora estou aqui. Como ela está se sentindo?

– Julie, como você está? – pergunto, acariciando seus cabelos, e ela sorri de leve para mim.

– Agora estou bem, a contração passou. Só estou molhada, mas com medo de levantar e sentir dor.

– Amiga, estou com você aqui. Vamos conversar enquanto você levanta para trocar de roupa? Não quero que você fique assim, molhada. – Assumo o controle da situação, ainda com George na linha, e a ajudo a levantar devagar.

– Conseguiu falar com Danny?

– A Jenny ficou de ligar para o Rafe. Eu preciso pegar a mala dos bebês – falo para Julie, enquanto ela tira a camisola e coloca um vestido confortável.

– Está no outro quarto – ela indica.

– Já volto.

– Jo, o que houve? A Julie parece triste – George sempre vai direto ao ponto.

– Oh, George. É que... – começo a falar – nós vimos umas fotos na página do bar.

– Fotos? Que fotos? Eles estavam fazendo algo de errado? Espere, vou ver por mim mesmo. – Tenho certeza que ele está acessando a internet ao mesmo tempo que fala comigo. – Pessoas, pessoas, Zach, que lindo! Pessoas, pessoas, banda, banda, banda, mais pessoas. – De repente, ele para. – Jo, é essa foto, em que ele está com Danny e Rafe e as moças da banda?

– É...

– Oh, meu Deus. – Uma nova contração chega e Julie grita no momento que entro de volta no quarto.

– O que houve, baby?

– Uma contração. George, quero meu marido – eu murmuro e seguro o choro.

– Querida, já já você vai estar com ele, prometo.

– George, você viu a foto? – Julie grita para George.

– Vi. Querida, coloque o telefone no viva-voz. – Faço o que ele me pede. – Por que você ficou triste? Na verdade, vocês. Qual o problema com a foto?

– Oh, George, e se uma dessas mulheres der em cima dele? Eu não sou linda como elas, estou gorda, sem disposição e com o humor instável. – Julie chora mais um pouco, e eu a puxo para um abraço.

– Juliette Walsh! Não repita mais isso. Eu te proíbo – George briga com ela. – A senhora também, Sra. Taylor! Você está linda. Resplandecente. Está esperando dois presentes. Sabe o que eu vejo quando olho para essa foto?

– O quê? – Julie pergunta baixinho.

– Um homem de família, não mais um playboy mulherengo. Consegue ver a impaciência no olhar dele? E a postura, mais afastado do grupo, como se estivesse prestes a ir embora dali? Garotinha, ele te ama. E tenho certeza que ele não vê a hora de estar com você. E te digo mais, quando ele souber que você entrou em trabalho de parto sozinha em casa...

– Você acha? – ela pergunta.

– Acho, sim. E Jo, você é a luz da vida desse homem. Não existe mais ninguém para ele. Vocês duas, suas malucas, têm dois homens lindos e apaixonados aos seus pés. Não têm que surtar por causa de uma foto.

Ouço barulhos lá embaixo e interrompo George.

– Acho que chegou alguém.

– Avise a ela que são os paramédicos – ouço Ben ao fundo e levanto para abrir a porta do quarto.

– Estamos aqui em cima – falo em direção à porta. – Amigo, eles chegaram. Avise a todos. Vamos, Julie. – Eu me volto para ela, ajudando-a a se levantar.

– Pode deixar. Garotinha, boa sorte, e que Nossa Senhora do Bom Parto esteja com você.

– Amém, amigo – Julie responde e sorri para mim.

– Quando nos falarmos novamente você vai estar com nossas duas menininhas no colo.

– Eu mal posso esperar – ela fala, enquanto desligo o telefone e os paramédicos entram no quarto.

Capítulo vinte e seis

Zach

O After Dark estava lotado. Eu estava começando a me habituar a trabalhar com a casa fechada. A combinação de música alta com ambiente escuro e muita gente tem me deixado nervoso. Acho que estou ficando velho, porque me lembro de adorar isso até alguns meses atrás.

Olho ao redor do bar e vejo Rafe conversando com uma moça. Ela está quase pulando em cima dele, mas ele não parece interessado. Mais à frente, Danny conversa com o barman Jason, mas parece tão insatisfeito por estar ali quanto eu. Isso me faz lembrar de Jo, que está em Santa Monica fazendo companhia a Julie. Sinto a saudade apertar. Desde o casamento, ficamos ainda mais agarrados. Nós estávamos sempre juntos, nos tocando ou beijando. Quando estamos num mesmo ambiente, um não tira a mão do outro, como uma necessidade de sentir o outro ali. Ela me fazia mais feliz do que jamais imaginei.

Pego o celular do bolso, pensando em ligar para a minha menina, mas estou completamente sem sinal. Olho para frente e vejo Danny fazer a mesma coisa. Ando pelo salão, na busca de um ponto com sinal, mas não tenho sucesso.

– Que cara é essa, Danny? – pergunto, quando nos encontramos no meio do caminho.

– Estava tentando ligar pra casa, mas não tem sinal. O que me deixa aliviado é saber que Julie não está sozinha em casa.

– Eu também estava tentando ligar, mas o sinal também está ruim. Bom, vamos até o backstage tirar foto com a banda para o release, aí ligamos do telefone do escritório.

Seguimos até o backstage para encontrar as integrantes da Luxury, uma banda formada só por mulheres. De todas as bandas que ouvimos durante duas semanas, essa foi a única que tinha um estilo musical parecido com o que queríamos para o AD.

Paramos ao lado das moças da banda, mas meu pensamento está em casa, na minha mulher. Não vejo a hora de conseguir fugir para o escritório e ligar para Jo.

O fotógrafo nos chama para fazer a foto. Rafe, Danny e eu nos juntamos à banda. Após a foto, Sandy, a vocalista, vem até mim, e eu percebo a "maldade" em seu olhar.

– Ei, Zach. Estou tão satisfeita de estar trabalhando com vocês. Gostaria de ter a chance de demonstrar isso melhor – ela fala, passando a mão no decote profundo. Oh, droga.

– Sandy, certo? – pergunto, e ela balança a cabeça, sacudindo o cabelo loiro com pontas pretas. – Demonstre isso fazendo um bom show. Não vá por esse caminho – falo e levanto a minha mão com a aliança de casamento.

– Oh, isso não é um impedimento pra mim – ela diz, sorrindo.

– Para você pode não ser, mas pra mim é. Além disso, você é funcionária do After Dark. A banda de vocês é legal, mas se vocês não seguirem as normas internas da empresa, nada me impede de rescindir seu contrato – eu falo irritado, e ela empalidece.

– Oh, claro. Desculpe. Eu vou me preparar para o show – ela fala e se afasta, indo em direção ao palco. Balanço a cabeça e sigo para a minha sala.

Entro no escritório e acendo a luz. Meu olhar cai direto em cima do porta-retratos na minha mesa. Abro um grande sorriso ao ver a foto do nosso casamento. Jo está linda com seu vestido de noiva, e eu consigo ver o quanto nós dois parecemos apaixonados.

De repente, Rafe entra correndo em minha sala.

– Cara, graças a Deus encontrei você.

– Eu vim pra cá tentar ligar pra Jo. O que houve?

– Jenny ligou. A Julie entrou em trabalho de parto. A ambulância a levou para o hospital. Temos que ir – Rafe fala, em tom grave.

– Onde está Danny? Já falou com ele?

– Já, acabei de avisá-lo. Vou levá-lo no meu carro, ele não está em condições de dirigir.

– Ok, sigo vocês, vamos.

Finalmente, no caminho até o hospital consigo falar com Jo.

Chegamos na sala de espera e George está sentado, nervoso, ao lado de Ben.

– George, onde elas estão? – pergunto, e ele levanta num pulo.

– Ela foi levada lá pra dentro. O médico ainda não retornou. – Olho ao redor. Danny está no balcão da recepção.

Após ser informado que Julie estava sendo atendida, Danny senta ao nosso lado, aguardando notícias. Alguns minutos depois, uma enfermeira vem até nós.

– Sr. Stewart?

– Sou eu. Posso vê-la? – Danny pergunta, parecendo desesperado.

– Olá, eu sou a Sra. Reynolds, enfermeira-chefe da obstetrícia. A sua esposa está sendo preparada para a cirurgia e...

– Cirurgia? Não, deve ser algum equívoco. Nós optamos pelo parto normal – ele fala, muito nervoso. – Ninguém vai cortar a minha Ju.

– O doutor Bradford a examinou e achou melhor fazer uma cesariana. O trabalho de parto não estava progredindo como esperado...

– Como não? O que houve?

– A pressão de Juliette está muito alta. Isso pode representar um risco para ela, ainda mais por ser um parto de gêmeos.

– Posso acompanhar? – Danny pergunta, desesperado.

– Sinto muito, Sr. Stewart. O doutor prefere que o senhor aguarde aqui fora. Assim poderemos trabalhar da melhor forma possível para que a paciente tenha um parto tranquilo. A Sra. Taylor, que a estava acompanhando, também virá para cá encontrá-los.

Nesse momento, Mary e Paul chegam ao hospital.

– Ela está bem, enfermeira?

– Ela está com a pressão muito alta, senhora. Os médicos estão preparando-a para a cirurgia.

– Mas ela corre risco? – George faz a pergunta que ninguém teve coragem de fazer.

– Parto de gêmeos é sempre arriscado, ainda mais quando a mãe está com pressão alta. Mas, por favor, fiquem calmos. Vamos fazer o possível para receber os bebês da melhor forma. E Juliette vai precisar que vocês estejam bem e calmos quando sair da cirurgia – a enfermeira fala, olhando para Danny. Ela pede licença para voltar ao centro cirúrgico e ele desaba.

Mary o abraça, falando palavras de consolo, mas eu não consigo acompanhar. Só consigo pensar em Jo. Conversamos algumas vezes sobre ter filhos, e fico me perguntando como reagiria caso algo assim acontecesse com ela. Não posso sequer imaginar o que faria se tirassem a Jo de mim.

Como num passe de mágica, Jo entra na sala. Todos a cercam e ela está com um aspecto cansado, com lágrimas nos olhos.

– Filha, como ela está? – Mary pergunta, sem soltar Danny.

– Parece estar bem. O médico disse que as crianças estão bem, mas que quer fazer a cirurgia para prevenir qualquer complicação – ela explica e vem até mim, se enrolando em meu abraço, deixando as lágrimas descerem. Nesses três anos que estamos juntos, nunca vi Jo tão abalada.

– Princesa? Quer alguma coisa? Uma água? – pergunto, e ela olha ao redor, se afastando um pouco de mim.

– Podemos dar uma volta e tomar café? Estou a ponto de explodir – ela fala baixinho, e eu concordo.

– George, vou levar Jo para tomar um café. Qualquer novidade, me liga?

– Claro, querido – ele responde sorrindo, e eu me volto para Danny.

– Dan, vou tomar um café com Jo. Quer alguma coisa? – Ele balança a cabeça negativamente, ainda parecendo em estado de choque. – Ok, voltamos já.

Passo meu braço ao redor do corpo trêmulo de Jo e sigo até a cafeteria no segundo andar do hospital.

★

Depois de acomodados, com café na mão, puxo-a para mais perto de mim, colando nossas cadeiras.

– Quer conversar, princesa?

– Fiquei tão assustada – ela fala baixinho – e, ao mesmo tempo, com raiva de mim mesma, porque não sou essa pessoa fraca, sabe?

– Jo, demonstrar sentimentos não faz de você uma pessoa fraca. Você tem todo o direito de sentir medo.

– Eu não senti medo. Entrei em pânico. Não fui capaz nem de ajudar a minha amiga. Foi preciso que Ben intercedesse para conduzir a situação.

– Mas isso é muito natural. Princesa, por mais que eu ache, você não é uma super-mulher. Você tem todo o direito de sentir medo, de entrar em pânico. De chorar. – Ela funga um pouco mais. – Isso faz de você humana. E, mesmo tendo entrado em pânico, você conseguiu conduzir a situação da melhor forma possível, acompanhou Julie até aqui e ficou do lado dela até o fim. Estou orgulhoso de você, princesa.

– Você acha? – Ela me olha tão esperançosa que cruzo o breve espaço que nos separa e dou um beijo carinhoso em seus lábios. Ela suspira, quando nos afastamos, e olha em meus olhos.

– Eu não acho; tenho certeza. Já imaginou o dia em que tivermos a nossa? – Sorrio ao visualizar uma pequena Jo.

– Oh... Zach, vendo tudo que Danny e Julie estão passando, eu me pergunto se vale a pena todo esse... sofrimento... e o risco. – Seguro seu rosto, passando o polegar em sua bochecha com carinho.

– Não tenho dúvidas de que, quando eles pegarem as meninas no colo, isso ficará esquecido, e tudo que eles serão capazes de pensar é no amor que sentem pelas meninas.

– Oh... e como você sabe disso? – ela me pergunta, e eu abro um grande sorriso.

– Porque nosso bebê será metade você. E sei que vou amá-lo tanto quanto eu te amo. Será a nossa mistura mais perfeita. – Ela arregala os olhos e sorri. Dessa vez, vejo lágrimas caírem, mas não de tristeza. Vejo refletida nos seus olhos toda a emoção que eu mesmo sinto, e tenho a certeza de que juntos seríamos capazes de conquistar todos os nossos sonhos.

– Quer tentar? – ela pergunta baixinho, enquanto toma o café quente.

– Um bebê? Quero. Você quer? – Ela balança a cabeça concordando, as lágrimas ainda caindo. – E sabe qual será a melhor parte disso, princesa? – pergunto, apertando-a contra mim.

– O quê?

– Tentar – falo, dando uma mordida em sua orelha. – Tentar será a parte mais divertida, com certeza!

★

Voltamos para a sala de espera e, com Jo mais calma, sentamos ao lado de George para conversar. Horas depois, a enfermeira Reynolds entra na sala de espera e todos nós levantamos num pulo.

– Parabéns, papai. As duas meninas já nasceram e passam bem. Elas estão sendo pesadas e ficarão em observação na UTI neonatal, como forma preventiva, por serem prematuras.

– E a Julie? – Danny pergunta.

– A cesárea foi tranquila e ela passa bem. Está sendo suturada e em seguida será levada para a sala de recuperação. Assim que o médico liberar, venho lhe chamar para vê-la. – Ela sorri e volta ao centro cirúrgico. Todos nós o abraçamos, e eu me sinto muito aliviado por saber que as três estão bem.

– Vem, Danny. Vamos ver suas meninas. – Jenny o puxa pela mão em direção ao corredor.

– Posso? – Danny pergunta, surpreso. Assim como nós, ele não imaginava que fosse conseguir vê-las tão rápido.

– Pode sim, pelo vidro do berçário. Elas não vão estar perto do vidro, mas dá para você ver, mesmo de longe.

★

Algum tempo depois, eles entram na sala de espera, e nossa família cerca Daniel, querendo saber notícias.

– E então? Elas estão bem? Como elas são? – George pergunta, e os rostos de todos estão ansiosos.

– Elas estão ótimas. Segundo a Jenny, são grandes e estão bem de saúde. Vão ficar apenas em observação. Ela tirou fotos, mas eu não sei onde está meu telefone. – Jude então retira o celular de Danny do bolso.

– Você deixou em cima da mesa da recepcionista.

– Obrigado, Jude – Danny agradece a ele, que se esconde atrás de Livy, e abre o e-mail para mostrar as fotos. Todos se amontoam no seu celular para ver as fotos das meninas, e ele não poderia estar mais orgulhoso.

– Daniel? – Jenny o chama, parada ao lado de um médico jovem. – Esse é o Dr. Bradford. Ele fez o parto e é um grande amigo – Jenny fala, apresentando-o ao médico, e ouço Rafe soltar um palavrão. Oh, Deus.

– Rafe? – ela chama por ele, assustada.

– Como vai? Tudo bem? – Ele estica o braço para o médico, cumprimentando-o de cara feia. – Essa aqui é Maggie, filha da Jenny – ele fala, deixando algo no ar... como se estivesse tentando marcar seu território.

– Como vai? – o médico retribui o cumprimento e Jenny tenta assumir o controle da situação.

– James, como a Julie está?

– Ela está bem, um pouco cansada, mas é bastante natural, tendo em vista o estresse que passou para ter os bebês. Está na sala de recuperação, e o pai pode entrar para ficar com ela até que seja transferida para o quarto.

– Obrigado, doutor. Vou ficar com ela – Danny responde e o médico se despede, dizendo que tem um outro parto para fazer.

– Rafe? O que foi aquilo?

– Aquilo o quê? Eu é que pergunto: que espécie de colega de trabalho é esse que estava quase comendo você com os olhos?

– Me comendo com os olhos? Não seja ridículo. Você não está num maldito concurso de cuspe, Rafe. – Nós observamos surpresos a tensão da cena. Rafe é o cara mais calmo que conheço e nunca ouvi Jenny levantar a voz. Agora os dois estão aqui, quase se matando.

– Meninos, calma. Jenny, meu anjo, leve Daniel até Julie antes que ele tenha uma síncope? Zach, pode acompanhá-los? Vou acalmar Rafe e depois vocês conversam. – George os empurra em direção ao corredor, e consigo ouvi-lo falar com Rafe.

– Rafe, essa tensão sexual entre vocês precisa acabar. Isso não é bom para nenhum de vocês, nem para Maggie.

– *Merda* – ele resmunga e volta-se para Maggie: – Desculpe, querida.

Jenny está andando ao meu lado, parecendo tensa, e eu tento de alguma forma confortá-la.

–Você está bem? – Ela sacode a cabeça, concordando. – Não fique aborrecida com ele, Jenny. Ele está apenas tentando proteger vocês.

– Eu sei, Zach. Mas ele não pode me tratar como se fôssemos sua propriedade – ela fala baixinho e para em frente a uma porta. – Danny, Julie está aqui. Só pode entrar uma pessoa por vez. Vá ficar com sua esposa. – Ela sorri para

Daniel, um sorriso triste, beija seu rosto e eu a acompanho de volta em direção à sala de espera, enquanto Danny respira fundo e abre a porta para reencontrar a sua mulher e mãe das suas filhas.

Jo

As meninas nasceram há algumas horas. Julie está acordando, com o olhar ainda exausto.

– Alguém poderia trazer minhas menininhas para eu conhecer as carinhas delas? – Julie pergunta baixinho, e Daniel arregala os olhos e abre um grande sorriso.

– Baby, você acordou. – Ele se aproxima da cama, com uma trouxinha rosa nos braços. Julie sorri para ele e estica os braços, para pegá-la no colo. Só de ver minhas sobrinhas, um sentimento inesperado toma conta de mim. É um amor tão profundo. Um sentimento de responsabilidade e de felicidade tão pleno que se alguém me perguntasse agora o que eu estava sentindo, não saberia como colocar em palavras.

Daniel se aproxima da cama, assim como meu pai. Danny coloca a bebê em seus braços e nenhum de nós consegue segurar as lágrimas de emoção.

– Oh, querido, ela é tão linda – ela fala, rindo e chorando ao mesmo tempo.

– Ela parece comigo – ele diz, orgulhoso.

– Você acha? – Eu me aproximo com a segunda bebê no colo, observando ela e o pai.

– Claro. Olha como ela é igualzinha a mim. – Ele abre um grande sorriso, e minha mãe se aproxima da cama também.

– Querida, já escolheu quem vai receber qual nome? – Olho para a menina que se contorce em meus braços. Ela não para de torcer o rostinho em pequenas caretas, e parece muito mais agitada que o bebê tranquilo que está no colo da Julie.

– Essa aqui é Chloé. E como a que está no colo da Jo parece ser a mais agitada, será a nossa Charlie – ela responde, e eu balanço a cabeça em concordância. Olho para aquele pequeno embrulhinho em minhas mãos e sinto uma emoção arrebatadora. Vem à minha mente uma imagem muito parecida com essa, mas de um menininho de olhos azuis, iguais aos de Zach.

Daniel pega Chloé do colo de Julie e pergunta:

– Como vamos saber quem é quem, baby? Elas são iguaizinhas! – Danny olha de uma para a outra e todos nós rimos. Uma batida leve na porta desvia nossa atenção. Meu pai abre a porta e Zach, George, Ben, Livy, Jude, Jenny, Maggie e Rafe entram no quarto com flores, balões e ursos de pelúcia.

– Oláaaa! Como está a mamãe das garotinhas? – George se aproxima da cama, e eu começo a rir ao ler a estampa em sua camiseta:

SOU O TIO LINDO, CHARMOSO E MUITO LEGAL.

– Gostaram, meus amores? – diz, abrindo um grande sorriso.

Zach se aproxima e beija minha testa, sorrindo ao ver o pequeno bebê no meu colo. Todos parecem com os verdadeiros tios babões que são.

Entrego Charlie à Julie para mamar no momento que a enfermeira entra no quarto, enquanto todos conversam baixinho, para não atrapalhar o sono de Chloé, no colo do pai. O único som mais alto é o de Maggie, que tenta correr pelo quarto. Sorrio, pensando que dali a um tempo serão as gêmeas que estarão deixando todos loucos andando pela casa. E, num futuro próximo, espero, o meu bebê e de Zach.

Maggie continua desbravando o quarto. Ela anda com seus passinhos até a perna de Jenny e a agarra, rindo.

– Mamãe. – Jenny ri e a pega no colo, dando um beijo em sua bochecha gordinha. – Chão – ela pede, e Jenny a coloca de volta no chão. Todos no quarto soltam suspiros pela fofurice extrema da cena. Imediatamente ela volta a andar pelo quarto, indo em direção a Rafe, agarrando sua perna e rindo.

– Papai – silêncio total. Oh. Meu. Deus. Ela chamou Rafe de papai?

– Oh, Maggie, nã... – Jenny começa, mas é como se ela não tivesse falado nada. Rafe abre um sorriso enorme, como eu nunca o vi sorrir antes, e pega a garotinha no colo, jogando-a para o alto e a fazendo rir. Ele brinca mais um pouco e a beija, até que ela pede para ir para o chão novamente. Ao se levantar, ele nota que todos estão parados, olhando assustados.

– O que houve? – ele pergunta, e Jenny respira fundo antes de responder.

– Você não deve incentivá-la, Rafe – ela fala baixo, e ele parece que levou um soco no estômago.

– Merda, Jennifer. Conversamos sobre isso depois – ele fala e sai do quarto, pedindo licença, enquanto Jenny parece ter perdido o melhor amigo. Algo estava acontecendo, definitivamente. Raramente eu via Rafe xingar e, além de ele ter soltado um palavrão no quarto lotado, ainda foi embora completamente desestruturado.

O quarto fica em silêncio absoluto, exceto pelos sons dos bebês, até que George quebra o clima pesado:

– Então, Jo e Zach, quando vem um bebê daí? Vocês andam tão grudados que não é possível que entre os "meninos" do Thor não tenha um campeão. – Todos soltamos uma gargalhada com seu comentário, e sinto meu rosto corar.

– Ainda não sabemos, George. Estamos... treinando – falo e Zach ri – bastante, mas queremos nos curtir mais antes de um pequeno super-herói nascer.

– Curtir? Mais? Três anos escondidinho não foi suficiente? – George pergunta, e Zach ri.

– Não, querido. Agora a gente pode curtir na frente de todos. É bem melhor.

Quando Charlie acaba de mamar, mamãe a pega de volta e Danny entrega Chloé a Julie, enquanto fica sentado ao meu lado, afagando meu cabelo e olhando para sua filha, parecendo encantado.

– Ela é tão calminha – falo para Daniel, e ele sorri.

– Sim. Ela parece comigo, não é? – Ele está com um sorriso enorme, e eu não consigo segurar a risada.

– Não sei. Ela ainda é muito pequena pra gente saber.

– Não é, não. Elas duas são a minha cara. Mãe, elas não se parecem comigo?

– Levando em conta que os bebês são quase todos iguais quando nascem, podemos dizer que elas se parecem com você quando nasceu – mamãe fala, e o sorriso de Daniel é ainda maior.

–Viu? Eu disse que elas se pareciam comigo.

– Sim, ela é a sua cara, Sr. Sou-um-pai-super-coruja – respondo, rindo, e ele beija minha testa.

A enfermeira, então, interrompe nossa pequena festa:

– Pessoal, mamãe e bebês precisam descansar. Apenas uma pessoa pode ficar acompanhando-a. O resto da turma volta no próximo horário de visitas.

– *Ahhhh...* – todos nós falamos ao mesmo tempo, e Julie e Danny sorriem.

– Eu vou ficar com ela – Daniel fala, beija-a mais uma vez e vai se despedir de nós.

Ao sairmos do quarto, todos nos despedimos, e cada um segue para sua casa. Eu e Zach andamos pelo corredor do hospital, abraçados, sorrindo.

– Eles têm uma bela família, né, princesa?

– Sim. Grande e linda. Vão ser muito felizes.

– Não tenho dúvidas. E em breve aumentaremos a nossa – ele fala, com um olhar tão sexy que não consigo segurar o riso.

– Que olhar é esse?

– Estou pensando no quanto teremos que treinar para fazer o nosso bebê. – Seu sorriso se amplia.

– Então, vamos para casa. Li na internet que tem umas posições que são melhores para conceber. – Ele aperta o passo, me fazendo rir enquanto saímos do hospital.

– Umas posições? Já gostei.

– Algumas. Muitas, na verdade, que vão nos ajudar a produzir um pequeno herói.

– Ou uma pequena teimosa – ele fala, e eu solto uma gargalhada.

– Anda. Vamos treinar.

– Muito! – Estamos quase correndo até o carro enquanto ele fala.

– Exaustivamente.

– À perfeição. – Ele me pega no colo, jogando meu corpo sobre o ombro, enquanto rio descontroladamente.

– Dê o seu melhor, oh, grande senhor do martelo poderoso. – Sinto a vibração da sua risada.

– Para você, só o melhor, princesa.

Epílogo

Seis meses depois...

– Livy, os contratos estão prontos. Pode fazer contato com o agente de Bob Cooper marcando um horário?

– Claro, Jo – Livy responde, com um sorriso no rosto, saindo da minha sala.

Finalmente estávamos trabalhando por conta própria. Desde meu casamento com Zach, em Vegas, e a proposta da Secret Poison, cheguei à conclusão de que o meu problema não era cuidar de contratos de entretenimento. Eu apenas não estava feliz e satisfeita com o meu ambiente de trabalho. Trabalhando por conta própria, podia escolher quem eu queria representar.

Logicamente convidei Livy para vir trabalhar comigo, e ela não teve dúvidas em aceitar. A fé que ela teve em mim, mesmo quando não tínhamos nenhuma garantia de sucesso, foi a prova de sua amizade verdadeira.

Nosso primeiro cliente foi mesmo a banda Secret Poison, e ainda é o nosso melhor. Lidamos não só com os contratos de shows, mas com gravadoras, licenciamento de produtos e qualquer outra coisa que envolva a banda.

Quando assinamos o contrato, eles disseram que estavam buscando uma banda para fazer a abertura dos shows, e imediatamente lembrei de Alan e indiquei a The Band. As duas bandas tiveram uma excelente química e a The Band virou nosso segundo cliente, saindo para uma turnê de quase dois anos abrindo os shows da Secret Poison.

Em parte, esse contrato foi ótimo para eles, principalmente em termos financeiros; por outro lado, Alan teve que abrir mão de estar com Jude por todo esse tempo e precisou se afastar de Livy. Jude foi basicamente adotado por todos nós, mas morava oficialmente com Jenny.

Já com Livy, as coisas não foram tão fáceis. Eu sabia que eles não haviam chegado às vias de fato, mas ele balançara o coração dela e ela o dele. A despedida dos dois foi muito triste, e eu sabia que todo esse tempo longe a faria sofrer, além de diminuir drasticamente a possibilidade de ficarem juntos quando ele retornasse. Afinal, a distância afasta as pessoas e mata os sentimentos, não é?

– Livy, não esqueça de deixar os e-mails automáticos programados – falo da minha sala, e ela concorda.

– Já estão, Jo. Fique tranquila. – Nós ficaríamos longe do escritório por alguns dias, para o casamento de Daniel e Julie. Depois que as gêmeas nasceram e ela saiu do resguardo, ela e George montaram uma verdadeira operação de guerra para que o casamento fosse realizado em tempo recorde.

Ao contrário do meu casamento, que contou apenas com as pessoas mais próximas, o do meu irmão seria grandioso, com muitos convidados e uma bela cerimônia na praia de Santa Monica, como Julie sempre sonhou.

Um novo e-mail entra em minha caixa, e abro um sorriso ao ver que é de Alan.

De: **Alan** (alanrockstar@theband.com)

Para: **Johanna Taylor** (jtaylor@taylorassociates.com)

Oi, Jo!

Como estão as coisas? Espero que bem. Falei com Jude hoje de manhã, e ele me pareceu mais alegre e mais parecido com um menino de quase 15 anos. Eu não tenho como agradecer por tudo que vocês fazem pelo meu irmão. Não apenas Jenny, que está cuidando dele, mas vocês todos que o acolheram como uma família. Obrigado mesmo!

Bom, queria avisar que conseguimos uma folga e vou voltar para o casamento. Devo chegar no sábado e volto para Massachusetts no domingo à noite. Se quiser aproveitar para discutir algo comigo, essa é a hora. Segundo Brad, o produtor da turnê, a próxima folga para voltar a LA será daqui a seis meses.

Bjos,

Alan.

– Oh, meu Deus – ouço Livy murmurar do outro lado da sala.

– O que houve, querida?

– Oh... eu recebi um e-mail do... Alan – ela fala, e vou até sua mesa para lhe dar apoio.

– Ele avisou que está voltando para o casamento?

– Ele me mandou uma música. – Ela indica a tela.

De: **Alan** (alanrockstar@theband.com)

Para: **Olivia Fitzpatrick** (ofitzpatrick@taylorassociates.com)

Olivia,

Estarei em LA no sábado, para o casamento. Comecei a escrever uma música pensando em você. Será que terei memórias suficientes para terminá-la?

My sunshine

I miss you

The way you smell

Your sound when you're happy

The way you look when you're in my arms.

Bjos,

A.

– Oh, Livy... – Nós nos olhamos assustadas com a intensidade daquelas palavras. – O que você vai fazer? – Os olhos de Livy estão brilhando pelas lágrimas que ela segura.

– Eu não sei, Jo. Nós temos uma ligação, isso é indiscutível, mas... – Ela suspira. – Não quero ser mais uma na cama dele. Ele só vem para o casamento, e depois volta para a turnê por sei lá mais quanto tempo...

– Querida, se a ligação de vocês for verdadeira, mesmo que não seja agora, vocês vão construir uma história. Deixe as coisas correrem, não se precipite. Aproveite esses momentos para conhecer Alan melhor. O homem por trás da máscara de bad boy.

– Você está certa, Jo. Vou fazer isso. – Livy sorri e o meu telefone toca, assustando a nós duas.

– George! Oi, querido! Aqui fora? Jura? Já vamos descer.

– George? – Livy pergunta com um sorriso.

– Sim, guarde tudo e desligue o computador. Vou fazer o mesmo. Ele está nos esperando lá embaixo para fazermos compras.

– Oba! – Rapidamente desligamos tudo, pegamos nossas bolsas, seguimos para o elevador. George está nos esperando em frente ao prédio.

– Tchau, Billy! – eu me despeço do segurança do prédio, e Livy acena para ele.

– Bom fim de semana, Sra. Taylor. – Eu ainda ficava emocionada quando alguém me chamava assim. – Pode ficar tranquila que estaremos de olho essa semana.

– Agradeço por isso, Billy. – Sorrio e nós duas saímos do prédio e vamos em direção a George.

George

Vejo Livy e Jo caminhando em minha direção.

– Ahhhh! – solto um gritinho e começamos a rir. – Minhas duas mocinhas da lei preferidas!

– Oi, querido – Jo me abraça e me beija, em seguida é a vez de Livy.

– George! Estava com saudades – ela fala, e eu a aperto num abraço de urso.

– Por que ela ganhou um abraço desses e eu não? – Jo reclama, fingindo ciúmes.

– Por que ela parecia estar precisando. Além disso, você já tem o seu homem, que te agarra toda hora – falo e me viro para Livy. – Nunca vi um casal pra ficar tão grudado!

– Nem eu. – Nós três rimos e caminhamos em direção ao The Grove, um shopping a céu aberto próximo ao escritório delas.

– O que vamos comprar no The Grove?

– Quero passar na J. Crews e comprar umas camisas novas para os nossos eventos. E vocês vão aproveitar e comprar vestidos novos também, mas antes quero tomar um café – falo, seguindo em direção à Starbucks perto do escritório das meninas.

Ficamos um bom tempo sentados, jogando conversa fora.

– Eu preciso contar uma coisa – Jo fala, e me posiciono para ouvir melhor.

– Me conte tu-di-nho! – eu brinco, e começamos a rir.

– Parei de tomar o anticoncepcional. – Jo solta a bomba e fico, junto com Livy, boquiaberto. Era surpreendente, considerando que Jo e Zach eram casados há pouco tempo e nunca deram indício de que planejavam ter um bebê.

– Teremos um mini-Thor vindo por aí? – pergunto, ainda chocado. Minhas meninas estavam realmente crescendo, e isso era um pouco assustador.

– Ainda não, amigo. Mas estamos treinando. Muito! – Nós três caímos na gargalhada. Pensando bem, era uma excelente notícia. Tinha certeza de que Jo e Zach seriam pais maravilhosos. Prosseguimos com o papo até que Jo pergunta: – Está tudo certo para a despedida de solteira da Julie?

– Claaaro! Estou começando meu plano para juntar Jenny e Rafe.

– Ohhhh! – ela e Livy falam juntas.

– Eles têm um caso? – Livy pergunta.

– Acho que não um *caso*, exatamente. Mas tem algo aí. E vou descobrir o que é. E, quando eu descobrir, vou fazer de tudo para juntar esses dois. Quem me ajuda? – Livy dá um pulo.

– Conta comigo! – ela fala, animada, e estende a mão para a frente. – Eu amo ajudar casais apaixonados!

Coloco a minha mão em cima da dela. Claro que ela não iria ficar de fora!

– Eu tô dentro! – Jo fala, e imitamos os Três Mosqueteiros.

– Um por todos e todos por um!

Rindo muito, a conversa continua e, quando toco no assunto da despedida de solteira, Jo pergunta: – George, nós não vamos a um clube de *strippers*, né? Zach me mata se eu for a um lugar desses.

– Docinho, não queira estragar minha surpresa. O que posso dizer é que vamos ter muita diversão ao estilo George! – falo e abro os braços, enquanto Livy apenas ri.

– Oh, Deus. Espero que a gente sobreviva ao "estilo George".

– Docinho, a diversão está garantida! – E a união de casais também, completo para mim mesmo. Essa festa será I-NES-QUE-CÍ-VEL!

Playlist

1. **You Are My Sunshine** – Elizabeth Mitchell
2. **The Way You Look Tonight** – Rod Stewart
3. **Rockin' Around the Christmas Tree (Jingle Bell Rock)** – Michael Bublé e Carly Rae Jepsen
4. **Don't Cha** – The Pussycat Dolls
5. **Soldier** – Destiny's Child
6. **Let It Be** – The Beatles
7. **Treasure** – Bruno Mars
8. **I Gotta Feeling** – The Black Eyed Peas
9. **I'm Into You** – Jennifer Lopez
10. **When You Kiss Me** – Shania Twain
11. **More Than Words** – Extreme
12. **Bubbly** – Colbie Caillat
13. **Thank You for Loving Me** – Jon Bon Jovi
14. **When I Was Your Man** – Bruno Mars
15. **I Knew You Were Trouble** – Taylor Swift
16. **Story of My Life** – Boyce Avenue
17. **From This Moment** – Shania Twain
18. **How to Touch a Girl** – JoJo
19. **Give me Love** – Ed Sheeran
20. **My Lover's Gone** – Dido
21. **Just Give me a Reason** – Pink e Nate Ruess
22. **You and Me** – Lifehouse

Este livro foi composto nas fontes Angelina, Bembo, Caflisch Script MM Swash,
Courier New, Daniel, GriffithGothic e Miss Le Gatees,
e impresso em papel Norbrite 66,6 g/m² na HR Gráfica.